I0680108

DISPUTE

DE

DIX ET DE DOUZE,

SUR LA NUMÉRATION,

LES MONNAIES, POIDS ET MESURES.

EN PROSE RIMÉE DE DOUZE SYLLABES, PAR LIGNE, AVEC LA TOLÉRANCE D'UNE SYLLABE
DE PLUS OU DE MOINS, APRÈS LA SIXIÈME, OU LA DOUZIÈME, NON COMPRIS LA RIME
FÉMININE.

AVEC

Deux avant-projets de numération, monnaies, mesures et poids duodécimaux,
qui peuvent remplacer ceux décimaux.

PAR

CHARLES BELIN,

JUGE DE PAIX.

Il ne faut jamais dire aux gens :
Ecoutez un bon mot, oyez une merveille.
Savez-vous si les écoutants
En feront une estime à la vôtre pareille !
La Fontaine.

BESANÇON,

IMPRIMERIE DE P.-J. PROUDHON.

1840.

PATE POUR LE RHUME.—MODE DÉCIMAL.

N° 1.

Pour faire un demi-quart , il faut prendre trois poids ,
Qui jadis dans un seul étaient tous à la fois.
Il faut cent vingt-cinq grammes de pâte pour le rhume ,
En compter le prix juste , sans crayon et sans plume.
Par trois divisions , en transportant le point ,
A gauche , non à droite , car ne vous trompez point ,
Multiplier , par un , le prix de l'hectogramme
Et ensuite par deux celui du décagramme ,
Par cinq celui du gramme , faire l'addition.

	f. d. c.	signifient, francs, décimes, centimes.	
Le kilogramme à Fr.	1. 75		
L'hectogramme	0. 175	100 grammes	0. 175
Le décagramme	0. 0175	20	0. 0350
Le gramme	9. 00175	5	0. 00875
Le demi quart ou		125 grammes coûtent Fr.	0. 21875

La règle ci-dessus a 48 chiffres , celle ci-contre n'en a que **24.**

N° 2.

Car avec le crayon, le papier ou l'ardoise ,
La première servante , soit Marie , soit Françoise ,
N'a qu'à multiplier la chose par le prix ,
Elle aura , dans six chiffres , les centimes compris ,
Celui du demi-quart de pâte pour la toux.

Le demi quart du kilog. vaut   125 grammes.
Le kilogramme coûtant   Fr.   1.75

             625
             875
             125

Le demi quart kilog. coûte F. 0. 21875

Cette règle a **21** chiffres , celle ci-contre , suivant le système douzimal, n° 2, n'en a que **13.**

N° 3.

DIVISION BINAIRE.

Le kilogramme coûtant   1. 75
Le demi kilogramme coûte   0. 875
Le quart de kilogramme coûte 0. 4375
Le demi quart de kilog. coûte 0. 21875

Cette règle a **18** chiffres , celle suivant le système douzimal , n° 3 , n'en a que onze.

—

N° 1.

En divisant le kilogramme en douze onces, l'once en douze gros, le gros en douze grains, le grain en douze oboles. —

Le demi kilogramme fait 6 onces, le quart de kilogr. fait 3 onces.

Le demi quart de kilogramme fait 1 once 6 gros; le 16ᵉ fait 9 gros.

En divisant le franc en douze sous, le sou en douze deniers; le demi franc fait 6 sous, le quart de franc fait 3 sous, les trois quarts de franc font 9 sous.

1 fr. 9 sous égalent 1 fr. 75 c.

	fr. s. d.	o. g.	(francs sous, den., onces, gros.)	
				f. s.d
Le kilogramme, à Fr.	1. 9		1.	9
L'once ci-dessus	0. 19	1.	0.	19
Le gros ci-dessus	0. 019	0. 6	0.	x6
Le ¹⁄₂ quart de kilog., ou . . . 1. 6, une once 6 gros coûtent			0.	276

N° 2.

Voir page 28, la méthode de faire la multiplication et l'addition douzimales. Dix s'écrit par x; les retenues et les reports se font par douzaine et non par dizaine.

Le demi quart de kilogr. fait une once six gros	1.6
Le kilogramme à un franc neuf sous.	1.9
	116
	1 6
Le demi quart de kilogr. coûte	0.2.76 deux sous 7

deniers 6 douzièmes de deniers.

N° 3.

DIVISION BINAIRE.

	fr. s. d.	
Le kilogramme coûtant	1. 9	un franc neuf sous.
Le demi kilogr. coûte	0. x6	dix sous 6 deniers.
Le quart de kilog. coûte	0. 53	cinq sous 3 deniers.
Le demi quart de kilgr.	0. 276	deux s. 7 deniers. 6 douzièmes.

Voir les deux tableaux pages 78, 79, et les notes au bas de ces tableaux.

En l'an dix, ou 1800, quand le système métrique décimal des poids et mesures a été mis en activité et rendu obligatoire, si cet ouvrage avait paru, on aurait dit qu'il était inopportun et douté de son utilité; cependant il aurait pu, en 1812, donner des idées utiles sur les modifications qu'on a cru nécessaire de faire au système décimal, par l'établissement des mesures et poids usuels qui nous a reporté au système ancien. Les 39 ans écoulés entre les dates ci–dessus, out été perdus pour l'établissement du système décimal des mesures; on peut donc en être, dans douze ans, en 1852 ou avant, au même point qu'en 1812. Cet ouvrage a maintenant autant de chance qu'il en aurait eu en 1812. Je le publie plutôt dans la crainte que cela arrive, qu'avec le désir de le voir arriver. D'ailleurs, la numération duodécimale donnerait à la comptabilité des facilités que la numération décimale ne peut pas lui donner. On peut donc toujours désirer voir abandonner celle-ci pour adopter celle duodécimale.

DISPUTE

DE

DIX ET DE DOUZE

SUR

LA NUMÉRATION, LES MONNAIES, POIDS ET MESURES.

Depuis le jour de l'an, avec les poids métriques,
Les marchands ont beau jeu, pour tromper leurs pratiques.
Pour faire un demi quart, il faut prendre trois poids,
Qui jadis, dans un seul, étaient tous à la fois.
Il faut cent-vingt-cinq grammes de pâte pour le rhume,
En compter le prix juste, sans crayon et sans plume.
Par trois divisions, en transportant le point,
A gauche, non à droite, car ne vous trompez point,
Multiplier, par un, le prix de l'hectogramme,
Et ensuite par deux, celui du décagramme,
Par cinq le prix du gramme; faire l'addition,
Sans tousser, ni reprendre sa respiration,
Crainte de se tromper, de perdre la mémoire,
La méthode est facile, mais avant de me croire,
Chacun peut l'éprouver. Voila les laids côtés,
De ces poids décimaux, dont nous sommes dotés,
Car avec le crayon, le papier ou l'ardoise,
La première servante, soit Marie, soit Françoise,
N'a qu'à multiplier la chose, par le prix,
Elle aura, dans six chiffres, les centimes compris,
Celui du demi-quart de pâte pour la toux,
Quand elle sait écrire et sait lire Bezoux.
Mais si c'est une belle et bête Franc-Comtoise,
A quoi servent les livres, le papier et l'ardoise?
Combien en trouve-t-on à Paris, Besançon,
Qui, pour apprendre à lire, ont besoin de leçon.
Cependant elles comptent par quart et par huitième,
Il faut en savoir plus, pour prendre le dixième.
Si l'on pouvait apprendre le calcul décimal,
A tous les ignorants, cela n'irait pas mal.

Ils n'auraient pas besoin du tableau synoptique
Qui ne leur apprend pas une bonne pratique.
En leur donnant le compte juste du demi quart,
C'est presque toujours vendre, à l'ancien poids de marc.

    Pourquoi prendre trois poids qui compliquent l'affaire?
Est-il très important, est-il très nécessaire,
D'avoir exactement, en pâte, un demi-quart?
Ne pourrait-on pas mettre deux des poids à l'écart?

    Si l'hectogramme fait un peu moins de la dose,
On ne paie toujours juste que le poids de la chose
Que le marchand délivre, sans pouvoir friponner.
Il doit bien m'en vouloir de le tant soupçonner.
Surtout le boulanger qui met dans ses crédances
Du pain pas cuit, malsain, et qui sur ses balances
Pèse plus que sur d'autres; aura-t-il plus de foi
En vendant la farine, avec un nouveau poids,
Pour ne pas abuser du peu de connaissance
De l'indigent qui met en lui sa confiance.

    L'Empereur, écoutant les réclamations
Du peuple, fit pour lui, quelques exceptions,
Au mode décimal; son ministre moins sage,
A mal compris ses ordres et gâté son ouvrage,
Quand il aurait pu faire un régime nouveau
Qui mettait tout d'accord, tout au même niveau.
En prenant pour multiples et sous-multiples, douze,
Le mari s'entendrait peut-être avec l'épouse.
En divisant par douze, et non pas au hasard.
Le kilogramme même, on en avait le quart,
Le tiers et la moitié, ainsi que le sixième,
Chacun dans un seul poids, non compris le douzième,
Qui se diviserait encore en douze poids.
Ils seraient mis ensemble par un, deux, six et trois,
Les premiers poids seraient vulgairement des onces,
Et les seconds des gros, même dans les annonces.
On subdiviserait le gros en douze grains
Pour peser les bijoux qu'on met dans les écrins,
Et pour aller plus bas, on ferait douze oboles
Dans le grain, pour le poids des paroles frivoles.

    Le demi-quart de douze fait-il un nombre rond?
Me dira le lecteur. Alors je lui réponds:
Non et oui, qu'importe: c'est un et six douzièmes,
Qui ne font que deux poids; en comptant par dixièmes,
Lecteur, il t'en faut trois; trois sortes d'unités,
Pour qu'ils n'en fassent qu'une on les a mal cotés,

Sur cuivre, 10, 20, 50, 100, 200, 500 grammes.
La loi veut que l'on compte en suivant ses programmes,
Qu'on mette devant gramme kilo, hecto, déca,
Pour tout compter par grammes, on a mal pris le cas
Les lois ont voulu faire des unités réelles,
Et non sous-entendues dans une seule d'elles,
Les noms systématiques font la division ;
Les noms de nombres sont pour la conversion.
Pour l'explication, qui rend la loi très claire,
Sur les poids, on doit mettre non pas le commentaire,
Mais le texte des lois, où les mettre les deux ;
Les poids de fer, je trouve, sont cotés beaucoup mieux ;
Dans tous les cas, il faut coter les poids de même
Quelle que soit leur matière, il n'y a qu'un système.
(Il faut deux poids chacun de la même unité
Dans toutes les dixaines, pour la facilité,
De faire neuf et quatre, sans prendre deux séries,
Je dis des vérités, non des plaisanteries.)
Admettons, si l'on veut, une seule unité
Dans les poids décimaux, je fais rivalité
Par ceux que je propose. La mode décimale (*)
Voudra toujours trois poids ; la mode douzimale
N'en demande que deux ; c'est un chiffre de moins,
A multiplier une ou deux fois au moins.
Mais passons au seizième du kilogramme même
Il serait de neuf gros (comme mars en carème.)
Neuf douzièmes de l'once (douze onces par kilo.)
Neuf gros seraient deux poids du même numéro,
De la même unité, dans ce cas pas de doute ;
Sans savoir ce que vaut, on saurait ce que coûte,
Leur poids de ce tabac coté dans le tarif,
Huit francs le kilogramme, ce prix est excessif,
En multipliant neuf par huit, c'est six douzaines,
Six douzièmes de franc. Mes règles sont certaines ;
En divisant ce franc en douze sous, le sou
En douze deniers ronds, sans aller au-dessous,
Pour les monnaies réelles.
                    Avec les poids métriques,
Les lettrés et les rustres, maîtres ou domestiques,
Les étrangers en France ont à multiplier
Six cents vingt-cinq décigrammes par huit, sans oublier

* Pour avoir une rime féminine, on met MODE au féminin, en comparant le système ou mode décimal, à une mode de vêtement capricieuse et
génante, et le système douzimal à une mode agréable et commode.

D'examiner avant, si la nicotiane
Tient quatre poids en chasse. Celui-là n'est pas âne,
Qui le fait sans écrire, par cœur, comme l'on dit,
Avec francs et centimes dans la somme du prix,
Quand au lieu de tabac, on pèsera des brèmes,
Pour faire le seizième, les poids sont toujours les mêmes.

    Si l'on veut que la vente du tabac en détail
Donne la connaissance, sans beaucoup de travail,
Des nouveaux poids, au peuple, il faut changer la somme
Du prix du kilogramme. J'ai rêvé, dans mon somme,
Qu'à sept francs cinquante centimes le kilo,
Au lieu de huit francs, le prix de chaque hecto,
Celui des décagrammes pairs deux à deux en rimes,
Serait sans fraction du sou de cinq centimes.
La fraction serait dans le prix des huit gros,
Des seize onces usuelles en un ou plusieurs lots.

    Mais l'ordonnance d'août n'a pas cru praticable
Ce que, dans mon sommeil, je trouvais très faisable.
Ah! quand le monopole du tabac cessera,
Son prix chez les marchands de bien plus baissera.
Il se mettra d'accord avec les poids métriques
Ou ceux qui devront être alors dans les boutiques.

    L'impôt sur le tabac n'est pas mal réparti ;
Il vaut autant qu'un autre. J'en ai pris mon parti.
Si j'étais égoïste, je dirais : la foncière,
N'est pas assez chargée, car je suis sans bruyère,
Bois, champs, prés, maisons, vignes. Je suis dans un château,
Où je paie dix fenêtres, au bord d'un clair ruisseau.
Je dirais : on paie cher le jour, que les patentes
Couvrent le déficit, ou bien plutôt les rentes.
Je ne suis pas rentier, l'on me prend par le nez.

    J'entends parler des poids, depuis que je suis né.
Ce n'est pas seulement pour les poids et mesures,
Que le diviseur Dix mérite des censures.
Il veut régner sur tout, et comme Phaéton,
Au soleil, il se brûle, le pauvre damoiseau ;
S'il se résigne vite, on plaindra ses désastres.
Déjà le nombre douze règle le cours des astres,
Qu'il règle les mesures, les rentes sur l'état,
Les monnaies de Philippe, notre grand potentat,
Elu par les cœurs droits, ses fils pour lui survivre,
Jusqu'à la fin du monde marquée dans le Grand-Livre,
Non de Nostradamus, mais de Dieu son auteur,
Maître seul de l'ouvrage dont il est créateur.

En vain Dix a voulu diviser la journée
Sans oser déranger la course de l'année.
Si Douze eût divisé, en douze heures le jour,
Cela serait peut-être bien reçu par la cour,
Sans avoir dans l'Eglise, ni sur mer, fait de trouble,
L'heure douzimale serait juste le double (*).

Douze fois douze degrés, dans le méridien,
Pourraient être comptés par le Franc, l'Indien;
Enfin par tous les peuples. Je ne fais pas un leurre.
Je mets douze douzaines de minutes dans l'heure,
Dans le degré, pour prendre le demi, le quart, le tiers,
Le sixième du cercle, du jour, en nombres entiers.
Dans la division nouvelle, souvent dans l'ancienne,
Sire Dix, la tienne ne valait pas la mienne.

Si ce que je dis peut être sans accident fâcheux,
Que de changer les tables, les cartes, pour les cieux,
Pour la mer et la terre. Avis aux géographes,
Aux graveurs sur le cuivre, surtout aux lithographes,
Ensemble nous rirons de l'heureux incident
Qui portera nos œuvres de l'est à l'occident,

Sans suivre mon système, pour l'Olympe et Neptune,
Thétis, dans son empire, veut faire sa fortune;
Car l'année resterait partout de douze mois.
Cela suffit pour mettre toujours Dix aux abois.
Les contributions qu'on appelle directes
Se comptent par douzièmes. Dix, tiens tes plumes prêtes,
Apprête ton tarif et ton point décimal,
Appelle à ton secours la loi de germinal,
Pour prendre le douzième de la somme des cotes
Que chaque bordereau doit porter, dans ses notes.
En vain tu parles grec et latin à la fois,
Sois ce que tu voudras, Douze t'en laisse le choix,
Fais-toi poisson de mer ou poisson des eaux douces.
Le douzième de dix pieds est bien sûr de dix pouces.

J'écris dans ce carré x... qui veut dire dix pieds,
Pour prendre le 12e, vois comme cela me sied,
Je place sous dix zéro, $o.x.$ un point, et dix à droite.

Ma méthode, tu vois, n'est pas très maladroite,
Et c'est la même règle, en divisant le franc
En douze sous. Toi Dix, tu n'en ferais pas tant.
Je fais la même chose avec le z pour onze,
J'écris 10 pour douze; à moins d'être de bronze.

(*) De celle d'aujourd'hui.

On doit bien me comprendre. Lit-on ça dans Lacroix ?
Tout ce qu'il dit du mètre convient au pied de roi.
Le douzième de dix pouces est bien sûr de dix lignes.

J'écris dans ce carré x avec l'aile des cygnes,
Pour prendre le $\frac{1}{x}$, j'écris plus bas que dix
Zéro, le point, plus x, o. x et le douzième est pris.

Voilà plus de moitié de mon nouveau système ;
Pour me vérifier, Dix apporte barême,
Je ne veux pas reprendre les chiffres financiers,
Ni mettre, dans le franc, deux cent quarante deniers ;
Mais autant de deniers que dans le pied de lignes.
Aux dix chiffres j'ajoute seulement ces deux signes (x. z.).

Dix, fais l'addition d'un tiers avec un quart
Juste sans des centimes, cela passe ton art.
Tu as, en décimales, une queue de comète,
Sans pouvoir tomber juste. Ne crains pas que j'omette
Le tiers et demi de huit. N'as-tu que des zéro
Après le chiffre quatre ? Réponds à Figaro.
Tu n'as que trois entiers, avec des décimales.
Entre nous deux les choses ne sont jamais égales.

$\begin{array}{r} 0.\ 5 \\ 0.\ 4 \\ \underline{0.\ 7} \\ 2.\ 8 \\ \underline{1.\ 4} \\ 4. \end{array}$ Le quart fait trois douzièmes, le tiers quatre, total,
Sept douzièmes très juste. Tu n'es pas mon égal.
Je dis : le tiers de huit est de deux, huit douzièmes
Et la moitié du tiers est d'un, quatre douzièmes.
» Je trouve quatre rond, faisant l'addition ;

Il ne faut que cinq chiffres pour l'opération,
Six pour la précédente. Compte tes décimales.
Que la France n'a-t-elle autant d'armées navales !
Comme dix, douze n'a, pour dénominateur,
Qu'un avec des zéros dont le numérateur
Nous dit toujours le nombre par celui de ses chiffres.
Dix, sors du calcul, entre dans les cors ou les fifres.
Tu n'es pas encore quitte : venons aux nombres ronds,
Pour remplir la mesure et combler tes affronts.
Comptais-tu les tribus du peuple Israélite
Qui fut, des autres peuples, par Dieu pris pour l'élite ;
Comptais-tu les apôtres, les décemvirs, font-ils mieux
Dans Rome la payenne avec tous ses faux dieux ?
Les Romains mirent-ils leur code, sur dix tables ?
Compte-tu le jury, pris parmi les notables ?
Dans le code civil, dis-tu la lésion ?
Tout ce qu'ici je cite fait ta confusion.
Dix, se sert-on de toi, si la loi n'y oblige ?

Dès que la loi se tait, alors on te néglige.
Chez le peuple de Dieu, le peuple d'Israël,
Comptais-tu les bijoux de Lia, de Rachel?
Tu n'oses pas paraître dans le trousseau des belles,
Compter l'argenterie, les linges, les vaisselles.
Par quintal, au marché, tu vas vendre le foin,
Cours vite te cacher dessous et dans un coin.
Douze onces font le poids de la livre romaine,
Celle des médecins, et de la vie humaine.
Vends-tu, dans Paris, Londres, les plumes de Cuthberg,
Les jouets des enfants, en Suisse, à Nuremberg,
A Saint-Claude les pipes, les couteaux, dits eustaches,
Que Fox vit en l'an neuf. Dix, si tu savais les tâches
Que tu donnais à Dupin, en divisant le franc
En décimes, centimes (tu pâlirais tout blanc),
Pour calculer le prix de la lame et du manche
Qu'on vend un franc la grosse, aux deux bords de la Manche.

En divisant, par cent, des monnaies l'unité,
On devait, tout au moins, pour la conformité,
En France, faire vendre ces objets par centaine
Ou diviser le franc en deniers par douzaine,
Afin qu'on dit sans peine : autant de franc le paquet
Faisant douze douzaines, autant de deniers le jouet,
Ou tout autant de francs le cent ou la centaine,
Tout autant de centimes, l'objet. Règle certaine,
Si l'on eût fait les deux, douze et dix feraient concours.
Dix a-t-il plus d'amis que Douze dans les cours
Et parmi tous les peuples? Les comptes par douzaine
Sont répandus partout. On a pris Dix en haine,
Pour diviseur d'un, cent, mille billion
De l'or, de l'argent, du bronze, de l'étain, du billon.
En divisant par douze notre monnaie de cuivre,
Chaque pays dirait : c'est bon exemple à suivre.
Nous avions les écus et les vieux louis d'or
Qui comptaient, par douzaines, les livres tournois alors.
Si Dix n'avait pas pris et décimé leur titre,
Quand on fit sa décade, sans culotte, le litre,
Aucun peuple n'aurait donné à ses métaux
Pour diviseur son nombre. On voit dans les tableaux
Que les Etats-Unis et la Grande-Bretagne,
L'Etat ecclésiastique, le Portugal, l'Espagne,
La Russie, la Toscane cotent tout par karats
Qui se divisent en douze, vingt-quatre, et cætera;
Comme l'on faisait en France, pour l'écu au génie,

Avant du diviseur des dîmes la manie.
Sans l'avoir ouï dire, jamais auparavant,
Je lis, à l'instant même, que l'Anglais suit le vent,
Qui court pour Dix, en France, qu'un schilling fera dix pences
Sous le nom de décimes. Il faut prendre les pinces,
Mettre les fers au feu. Si ce n'est qu'un projet,
C'est bien le bon moment de traiter le sujet.
Je ne connais pas bien cette monnaie anglaise;
Mais la livre sterling pourrait être bien aise
Qu'on la divisât juste par vingt-quatre schillings,
Dont douze feraient, dis-je, l'Anglais nouveau florin,
Un seul schilling ferait toute la différence
Des deux livres sterlings. Cela vaudrait mieux, je pense.
En douze onces se divise le poids de la livre troy
Et en seize la livre dite avoir de pois.
Le yard se divise par tiers et trente sixièmes;
On peut le diviser par dix sept cent vingt-huitièmes.
Dix-sept cent vingt-huit yards font le mille anglais,
Moins trente-deux yards. Les Anglais, les Français,
Doivent donc préférer les fractions douzimales
Pour toutes leurs monnaies et mesures légales.
De Paris et de Londres, de Douze les concerts
Peuvent dans peu de temps en remplir l'univers;
Et l'essai peut s'en faire conjointement en France,
Dans la Grande-Bretagne, avec prudence,
Dont voici bel exemple.

                    L'Empereur a pris dix ans
Pour connaître de Douze et Dix les partisans,
Et il voulait les mettre les deux en concurrence,
Pour après ce délai leur dire sa sentence.
C'est en dix huit cent douze qu'il rendit un décret
Promettant, dans dix ans, définitif arrêt.
Ce décret conservant pour unité le mètre,
Faire l'aune métrique, c'était alors se mettre
En contradiction avec Napoléon.
Il n'était que permis, par l'article second,
De diviser le mètre par tiers, quart et douzièmes;
(Il fallait supprimer les huitièmes et seizièmes,
Pour rendre le système parfait et régulier.)
De faire l'aune usuelle, voici le singulier,
Où l'aune de Paris n'était pas en usage,
On voyait trois mesures dans le même village :
Le mètre, l'aune usuelle et l'ancienne du lieu.
Les deux divisions du mètre valaient mieux

D'une part les dixièmes avec les centièmes,
De l'autre les douzièmes et cent quarante-quatrièmes.
Le mètre décimal faisait la vente en gros,
L'autre, celle en détail; tout était à propos,
Dix et Douze avaient même unité...

                  Je suppose
Que le décret permît d'ajouter quelque chose
A la longueur du mètre; on devait lui donner
Trois pieds, cinq pouces, deux lignes. C'était fractionner
Tout le méridien par douze et ses multiples.
L'Empereur était maître et les rois ses disciples.
Sans la froide campagne, nous touchions au moment,
D'avoir dans quelques ans le perfectionnement
Promis par le décret. Dieu veut que Philippe
En ait toute la gloire, que Dix casse sa pipe.
Il faut rouvrir la lice et un nouveau concours,
Comme fit l'Empereur, dans l'un de ses beaux jours,
Entre le nombre dix, ses dixaines et centaines,
Et douze avec tous ses multiples par douzaines.
Trois pieds, cinq pouces, deux lignes font l'aune de Paris,
Moins deux pouces, sept lignes, pour l'aune qu'il soient pris.
Trois pieds, cinq pouces, deux lignes, pieds de roi font un mètre,
Cent seize millimètres. Je suis forcé d'omettre
Les fractions plus basses.

                Le mètre décimal
A quatre pouces, trois lignes de moins que son rival
Qu'on appellera l'aune, pour mesurer les toiles
Jusqu'à ce qu'il mesure les terres, les étoiles.
Dix conservera l'arpentage, trois ans,
Afin d'avoir le temps de faire des savants,
Pour dans six ans, après refaire le cadastre
Avec celui des mètres qui fuira son désastre.
Qu'importe la mesure! cette opération
Est demandée par plus d'une pétition.
 On fit encore plus mal de faire le pied métrique;
Maintenant qu'il est fait, qu'il soit remis en pratique.
Qu'il lui soit donc permis de carrer un tapis
(En pieds, pouces, points, lignes) de l'aune de Paris
En longueur et largeur, mais qu'on supprime la toise
De six pieds usuels; qu'à Paris, à Pontoise,
On lui donne douze pieds (courants), une grosse pieds carrés,
Douze grosses pieds cubes. Dix, apprend mi, fa, ré.
Que Douze, dès demain, pèse du riz au rhume
Par quart et demi-quart; qu'il cube le bois grume,

En suivant Archimède ou Melius Adrien;
Qu'il prenne le tiers du cercle (juste Dix n'y peut rien),
Douze peut adopter dès maintenant le litre,
Pour faire concurrence avec Dix, ce bélitre
Douze fois douze litres pour remplir le muids;
Qu'on ait les deux mesures à Dijon, Nuits et Muy.
Aussi, que par douzième l'on divise le litre.
Dix va se faire moine, entrer dans un chapitre;
Douze prendra le mètre cube pour unité
De toutes les mesures de la solidité,
Provisoirement, dis-je, avec le pied métrique,
Dans le royaume de France, et s'il faut en Afrique,
Neuf douzaines (108) pieds cubes font quatre stères de bois
Que Douze peut vendre sur les ports à la fois.
Et il vendra le foin, à la grosse de livres,
Douze livres par botte. Il faudra qu'ils soient ivres,
Les rustres qui diront : nous voulons le kilo,
Charles X et la dîme, le drapeau blanc, l'impôt.
Sous lui, sous Louis XVI, la livre fit seize onces,
Le kilo les fait doubles, Douze, dis tes réponses,
Le mode décimal aurait peut-être pris,
Si l'on eût divisé les mesures de Paris,
Comme voulaient des membres du corps de la science.
Ils avaient bien raison, nous dit l'expérience,
C'était trop à la fois de changer l'unité,
Et ses divisions; quelle témérité!
   Il fallait commencer par établir en France
Le calcul décimal, un seul poids de balance,
La livre, poids de marc, divisée par dix, cent,
Mille, dix mille grains. Chacun était content,
Ou mécontent, sans doute, suivant la circonstance
Qu'on aurait pu prévoir ou non déjà d'avance.
Si Paris, qui pesait à la livre poids de marc,
S'était plaint, ce serait de ce que le demi-quart
N'était plus dans un seul poids, qu'il en faut trois ou quatre
Décimaux pour le faire; aucun doute à combattre,
Il serait évident que la difficulté,
Est dans le nombre dix divisant l'unité;
On ne pourrait pas dire que c'est la différence
Du poids de l'unité qui fait la dissidence.
Mais elle la ferait, si tout était content,
Sauf les départements, dont il n'y a pas tant,
Où la livre poids de marc n'était pas en usage,
Mais une qui pesait bien moins ou davantage.

Cet inconvénient ne serait que local;
On ne s'en prendrait pas au calcul décimal.
Maintenant il faut faire ce qu'on aurait dû faire
En germinal, an trois, être moins téméraire,
Reprendre cette livre qu'on avait l'an dernier,
Cette livre usuelle qui dort dans le grenier,
Et la diviser par kilo, hecto, déca DRAGMES,
Deci, centi, milli DRAGMES, jouer dix dans des drames.
Le franc est à peu près une livre tournois,
Et le kilo dragme la livre marc poids.
Le franc pèsera juste, exactement dix dragmes
Qui ne font que cinq grammes; mais ils feraient dix grammes,
Si l'on avait su prendre, dès le commencement,
Le demi décimètre cube d'eau seulement,
Et non le décimètre pour le poids du kilogramme.
La faute qu'on a faite mérite mon épigramme.
Par la loi de l'an deux, le poids du franc d'argent
Devait être de dix grammes. On a cru très urgent
De le faire de cinq, pour qu'il ne fût pas double
De la livre tournois, ni la moitié du rouble.
On ne doit pas plus faire notre unité de poids
Le double de la livre, que l'année de dix mois.
Quand on ne détruit pas un mur qu'on peut détruire,
On a plus tort que l'autre qui l'a fait mal construire,
Si le mur en tombant tire le bâtiment
Avec lui, dans sa chute. Cet avertissement
Finit mon épigramme.

        Douze, se nomme DRACHME.
Douzo, tertio, quarto (pour lutter avec DRAGME)
Douzi, tertiozi, quartozi, Les nombres cardinaux
Sont les multiples de dix. Les nombres ordinaux
Sont les multiples de douze. Il faut des synonymes
Français pour le bas peuple; les voici dans mes rimes;
Les noms des deux systèmes seront corrélatifs
A grains, gros, onces, livre, avec des adjectifs
Distinguant dix et douze. Or, l'once douzimale
Fera le DOUZO-DRAGME, et l'once décimale
Fera un HECTO-DRAGME. Il faut se rappeler
Qu'un décret de l'an neuf permettait d'appeler
ONCE l'HECTOGRAMME, qu'il ne faut pas confondre
Avec MON HECTODRAGME. Je ne dois plus répondre
Des fautes qu'on fera.

        Crainte de quiproquo,
Il faut de l'an dernier prendre le statu quo.

Pour mesurer l'étoffe qu'on ait l'aune usuelle,
Le mètre décimal est déjà mis sur elle ;
Il faut encore mettre sur un de ses côtés
Les centimes de l'aune qui n'y sont pas notés.
On doit surtout écrire sur une de ses faces
Cent quarante-quatre ou une grosse de traces.
Le huitième de l'aune n'est plus marqué dessus.
Non plus que le seizième ils étaient des abus.
Si l'on veut un seizième, il faut prendre neuf traces ;
Le double fait le huitième pour la ceinture des grâces.
Si l'on veut les MÈTRER, plaisanterie à part,
Les quinze centimètres feront le demi-quart.
Septante-cinq millimètres font le seizième d'aune
De ruban aux trois grâces pour enlacer un Faune.
On doit encore savoir, pour ne se pas tromper
Ou se laisser, par d'autres, très souvent attraper,
Que le demi-quart d'aune, le demi-quart du mètre
Font cent vingt-cinq millièmes de l'un comme de l'autre ;
Que cependant le mètre est exactement moins grand
Que l'aune d'un cinquième ; il faudra sur le champ
A cent vingt-cinq millièmes ajouter son cinquième ;
L'on trouve justement cent cinquante millièmes
Ou quinze centimètres qui font le demi-quart.
C'est comme quand on pèse un demi-quart de lard.
　　Voici l'utilité de diviser en centimes
L'aune usuelle même, quand on a pour intimes
Les clefs des décimales, et quand l'aune n'est plus
La mesure légale, on peut mettre dessus,
Au moins dans sa mémoire, ses parties décimales ;
En les sachant par cœur, on peut aller aux halles,
Dans toutes les boutiques, acheter hardiment
A cette aune usuelle, en prenant seulement
Le mètre pour la forme. Quand on fait de la sorte,
Ou élude la loi, l'amende qu'elle porte.
On aime suivre la loi quand on sait l'éluder ;
L'embarras est pour celui qui ne sait pas s'aider
Des clefs des décimales, qui ne peut ni la suivre,
Ni éluder la loi qui au fripon le livre.
Dès qu'il est ignorant, il ne saura pas m'eux
Mes principes nouveaux, mais il aura ses vieux.
　　On dit que l'on va faire pour Dix des décimes ;
Il faut frapper aussi pour Douze des douzimes,
Faire en même nombre des centimes en cours,
Des deniers et des liards. Je m'explique toujours,

Non de ceux d'autrefois qu'on nomme monnaie grise,
Laquelle, dès l'an huit, pour des centimes est prise.
Les pièces d'un demi, d'un quart, trois quarts de franc
De France, de Belgique, du Piémont, du Mont-Blanc
Vont à Dix et à Douze, ainsi que toutes celles
D'un, de deux francs d'argent. Ne parlons donc plus d'elles!
Mais il faut des écus, des chiffres d'autrefois,
De trois et de six francs, non des livres tournois.
Qu'on laisse quelque temps Dix en dire le titre
Par neuf et deux zéros. J'ai fait sur mon pupitre
Un bon tarif pour Douze. L'or, l'argent et les esprits
Purs et sans alliage sont choisis et sont pris.
Chacun pour l'unité, au-dessus de l'échelle,
Douze grosses de places sont désignées sur elle,
Pour les fractions nouvelles qui disent le degré
Du fin avec trois chiffres. Dix, sais moi donc bon gré
De t'avoir converti en fraction nouvelle,
Tâchons de nous entendre et d'être sans querelle.
　Au titre d'aujourd'hui, il faut des pièces d'or
De deux, quatre douzaines de francs, plein le trésor,
L'or et l'argent sont lourds; afin que rien ne manque,
Qu'on ait par grosse de francs de bons billets de banque.
　Il faut encore à Douze des rentes sur l'Etat.
Dix, tu ne fis d'abord qu'un mauvais assignat;
Ton million valait une peau mal tannée.
　L'Etat paiera six francs d'intérêt par année,
Pour la grosse de francs, formant le capital
Des rentes converties; voilà le taux légal.
Cent francs feront d'intérêt quatre francs deux douzièmes,
Autrement quatre francs cent soixante six millièmes.
Ainsi peuvent se faire deux choses à la fois,
　De l'enregistrement il faut changer les droits;
On paiera pour la grosse comme pour cent cinquante,
Et nos troupes étant à Alger sous la tente,
La taxe de guerre reste avec ce changement,
D'être du douzième de son chef seulement,
Compensation faite, voici les différences;
Moins de deux francs par mille, au profit des finances.
Il y aura quelque perte pour le trésor royal,
Sur les droits qui sont fixes et dont le capital
Ne doit pas varier, ne payant qu'un douzième
Pour la taxe de guerre, au lieu de son dixième;
Mais par le prix du timbre on l'indemnisera,
En faisant ce prix rond, jamais il ne baissera.

Que le gros traitement du haut fonctionnaire
Soit arrondi par grosses, moins d'une fait l'affaire.
On paiera le douzième, par mois, sans fraction
Et de huit francs par grosse on fera déduction
Pour faire sa retraite. Qu'un traitement quelconque
Soit rond au moins par douze et qu'encor on le tronque
Aussi de huit francs par grosse, pour une pension
Les trois, six, neuf douzaines seront sans fraction
Pour la solde du mois. Les chiffres deux, cinq, huit, onze
Indiquant les douzaines, font fraction en bronze
De huit sous, sans deniers, de quatre seulement
Pour les chiffres un, quatre, sept, dix. Quel agrément !
Fixant ainsi les sommes, ainsi la retenue,
La case des deniers restera toujours nue;
Très rarement les sous occuperont la leur.
Huit francs par chaque grosse égalent la valeur
Juste de quatre francs cinquante-cinq centimes
Par cent. Les différences sont grandes et minimes,
Minimes pour la somme, grandes pour le travail;
De faire un bordereau de pièces en détail
Qui ne portera plus une très grande masse
De décimes, centimes, si promptement l'on chasse
Le calcul décimal en comptabilité.
Je crois avoir montré toute l'utilité
De mon nouveau système. Je n'ai donc plus qu'à dire
Combien il est commode qu'on continue de lire.
Dix doit céder le pas à Douze son cadet.
Douze veut pour ses chiffres des lettres d'alphabet
La première du nom du chiffre, sera celle
Qu'il prendra pour ce chiffre, troi dans le mot sarcelle
Le c fera le 5, l'r voudra dire six;
L's remplace le 7; il prend l'x pour dix (10)
Le d fera le 2. En apprenant les lettres,
L'enfant apprend les chiffres. Cela convient aux maîtres.
Le lecteur doit savoir qu'on écrit onze par o,
Et la lettre z fait maintenant le zéro.
u tout seul ne vaut qu'un; uz font la douzaine;
uzz font la grosse; n dit g ou neuvaine.
On sait vite les lettres ou chiffres douzimaux;
Les chiffres, dits arabes, feraient beaucoup de maux
S'ils servaient Dix et Douze. Nul ne sert bien deux maîtres;
Ils pourraient souvent être pour tous les deux des traîtres.

En changeant le point de ses positions,
On fait les divisions, multiplications

Par Douze et ses multiples, de la même manière
Que par Dix. Qu'il se cache dans son trou, sa tanière,
    Douze possède quatre très exacts diviseurs (2, 3, 4, 6.) ;
Dix n'en a que deux : ce sont des ravisseurs (2, 5.)
De la clef du calcul. Qu'on la leur fasse rendre !
Qu'on la mette au concours, ils pourront la reprendre !
Six francs d'impôt par mois font six douzaines par an ;
Il ne faut qu'écrire six (r) et mettre un zéro devant (rz).
Sept douzaines trois francs (s t), pour cette année courante ;
Font sept francs trois sous juste (s, t) par mois, dit la servante
Comme le percepteur.
                        Quant à mon traitement,
Qu'on sait de huit cents francs, avant retenues faites,
Après déduction du cinq pour cent pour retraites,
Son douzième est réduit à soixante-trois francs
Et trente-trois centimes. Mes lecteurs, soyez francs,
Dites qu'il est petit. Il serait de six grosses (rzz) (864)
Six douzaines par mois (rz). Je roulerais carosses.
De huit francs sur la grosse faisant déduction,
Pour le fond des retraites, après soustraction ;
Le montant du mandat serait net de la somme
De soixante-huit francs, ronde comme la pomme.
Sans point de fraction de sous ni de deniers,
    Je me crois des premiers quand je suis des derniers ;
Je me suis calculé pour grand fonctionnaire.
Il faut moins de cinq francs par an, en numéraire (804),
Pour arrondir par douze mon petit traitement ;
Son douzième aurait huit sous dans son paiement.
    Si l'on faisait pour Douze comme pour Dix, en France,
Le peuple montrerait de la reconnaissance.
Il dirait franchement qu'on vient à son secours.
Mais il croit à présent qu'on agit à rebours.
Le peuple pourrait suivre son ancienne routine,
Acheter pour deux sous du tabac de cantine.
Et la difficulté dans la comparaison
Des multiples, des nombres (*) serait avec raison
Dans les tous plus grands d'eux, et pour la tête forte ;
Tandis que maintenant la difficulté porte
Sur la division de la simple unité.
L'embarras échoit tout à la rusticité
Dont toutes les affaires ne passent pas le nombre,
Vingt mille sept cent trente-six, douze n'a pas l'ombre
D'embarras jusque là. A la banque, au trésor,
Ni dans tout le commerce, concluons donc dès lors ;

(*) Par dix ou par douze.

Q'un changement en France, est urgent et utile
Toute objection contre serait futile.
Les lettres que j'ai prises feraient confusion
Parmi les nations. C'est une illusion
De croire que chacune peut prendre douze lettres,
Dans son alphabet propre et n'avoir pas deux mètres,
Mais la même mesure prise au méridien,
Comme si le Rustre était Métius Adrien.
Mais le diviseur douze, à tous les peuples, veut plaire.
En divisant d'abord l'unité populaire,
   Quand douze aura conquis, les peuples doucement,
On pourra lui donner alors facilement,
Pour unité matrice une part aliquote,
Douzimale du globe, que Philippe nous dote
D'abord d'un provisoire et qu'avec les Anglais,
Il fasse un bon système, sans retard ni délais.
Dès que douze sera gravé sur la médaille,
Le génie pourra dire, sans crainte qu'on le raille,
Sa devise suivante : A TOUS LES TEMPS PRÉSENS,
FUTURS, A TOUS LES PEUPLES.

LETTRES-CHIFFRES.

z   u   d   t   q   c   r   s   h   n   x   o   luz!
zéro un deux trois quatre cinq six sept huit neuf dix onze douze
0 1 2 3 4 5 6 7 8 9 10 11 12

Chiffres	0	1	2	3	4	5	6	7	8	9	10	11	12
Lettres													
Allemandes	n	e	z	d	v	f	s	s	a	n	z	e	z
Anglaises	c	o	t	i	f	f	s	s	e	n	t	e	t
Françaises	z	u	d	t	q	c	s	s	h	n	d	o	d

NUMÉRATION.

Douze unités font une douzaine.
Douze douzaines font un tertio (ou une grosse).
Douze tertio font un quarto (ou douze grosses).
Douze quarto font un quinto, etc.

Ce qui établit la progression ascendante par douze.

Les douzièmes remplacent les dixièmes.
Les tertionièmes remplacent les centièmes.
Les quartonièmes remplacent les millièmes.

C'est la progression descendante, aussi par douze, comme l'on voit dans le second tableau ci-après.

NUMÉRATION DOUZIMALE.	VALEUR.

Nombres entiers.

	unité.	dizaine de mille.	centaine de mille.	unité de million.	dizaine de million.	centaine de million.	unité de billion.	dizaine de billion.	centaine de billion.		
Unité	u										
Une douzaine	u z									1 2	
Un tertio	u z z									1 4 4	
Un quarto	u z z z									1 7 2 8	
Un quinto	u z z z z									2 0 7 3 6	
Un sexto	u z z z z z									2 4 8 8 3 2	
Un septimo	u z z z z z z									2 9 8 5 9 8 4	
Un octavo	u z z z z z z z									3 5 8 3 1 8 0 8	
Un nono	u z z z z z z z z									4 2 9 9 8 1 6 9 6	
	u z z z z z z z z z									5 1 5 9 7 8 0 5 5 2	
	u z z z z z z z z z z									6 1 9 1 7 3 6 4 2 2 4	
	u z z z z z z z z z z z									7 4 3 0 0 8 3 7 0 6 8 8	

FRACTIONS DOUZIMALES		FRACTIONS ORDINAIRES.	
EN TOUTES LETTRES.	**EN LETTRES-CHIFFRES.**	Numérateur	Dénominateur.
Un douzième,	z	u	1/12
Un tertionième,	z	z u	1/144
Un quartonième,	z	z z u	1/1728
Un quintonième,	z	z z z u	1/20736
Un sextonième,	z	z z z z u	1/248832
Un septonième,	z	z z z z z u	1/2985984
Un octonième,	z	z z z z z z u	1/35831808
Un nononième,	z	z z z z z z z u	1/429981696
	z	z z z z z z z z u	1/5159780352
	z	z z z z z z z z z u	1/61917364224
	z	z z z z z z z z z z u	1/743008370688

FRACTIONS DOUZIMALES		VALEUR
EN TOUTES LETTRES.	**EN LETTRES-CHIFFRES.**	**EN FRACTIONS DÉCIMALES.**
Un douzième.	z	u	0 0 8 3 3 5 5 5 5 5 5 5
Un tertionième.	z	z u	0 0 0 6 9 4 4 4 4 4 4
Un quartonième.	z	z z u	0 0 0 0 5 7 8 7 0 3 7 0
Un quintonième.	z	z z z	0 0 0 0 0 4 8 2 2 5 3 4
Un sextonième.	z	z z z z	0 0 0 0 0 0 4 0 4 1 8 8
Un septonième.	z	z z z z z u	0 0 0 0 0 0 3 3 4 8 2
Un octonième.	z	z z z z z z z	0 0 0 0 0 0 0 2 7 9 4

DE LA NUMÉRATION.

L'énonciation des nombres douzimaux, en toutes lettres, est absolument la même que la numération parlée : dans l'une et dans l'autre, on ne nomme pas les classes d'unités dans lesquelles il n'y en a pas, dans le nombre que l'on énonce.

Par numération écrite, il ne faut entendre que la représentation des nombres avec les chiffres ou avec les premières lettres de leurs noms qui les remplacent.

Dans la numération douzimale, la fonction du zéro est la même que dans la numération décimale ; il n'a point de valeur nominale, il ne sert qu'à remplacer les unités, les douzaines, les tertio, etc., quand il n'y en a pas dans le nombre que l'on écrit.

Il ne faut pas plus d'attention pour écrire les grands nombres douzimaux, que pour écrire les grands nombres décimaux. Pour ne se pas tromper, il faut faire attention : 1° aux classes d'unités qu'on nomme, pour mettre les lettres qui les représentent à la place que leurs noms indiquent ; 2° aux classes d'unités qu'on ne nomme pas, pour mettre à leur place un zéro qui indique qu'il n'y a pas d'unités de cette classe.

Pour lire et nombrer facilement les nombres douzimaux, on peut les diviser par tranches de deux ou trois lettres ; mais ces tranches ne font pas des collections d'unités, comme dans la numération décimale.

Exemple : Écrire à gauche, en toutes lettres, et à droite vis-à-vis, en lettres chiffres, les nombres suivants :

Un quarto, deux douzaines.	$u.\ zdz$
Dix quarto, trois tertio onze.	$x.\ tzo$
Onze octavo neuf quinto quatre.	$oz.\ znz.zzq$
Cinq nono huit septimo onze douzaines six.	$czh.\ zzz.zor$
Dix nono quatre quinto six tertio.	$xzz.\ zqz.rzz$
Six octavo onze sexto dix quarto onze.	$rz.\ ozx.zzo$

Il n'y a point de nombres douzimaux qui embarrasseraient un écolier autant qu'il l'est pour écrire en chiffres, soixante-seize mille neuf cent quatre-vingt-douze, ou qu'il le serait pour lire, 76,992.

La numération douzimale est très régulière, comme l'on verra par les tableaux suivants.

Il est certain que si la numération était douzimale depuis l'époque qu'elle est décimale, personne n'oserait proposer de l'abandonner pour prendre celle décimale comme plus commode ; mais on peut proposer de quitter cette dernière, pour adopter la numération douzimale, beaucoup plus facile. C'est une vérité qu'il est bien aisé de démontrer.

TABLE DES DEUX MULTIPLICATIONS.

Dans la table suivante, quand il y a plusieurs chiffres dans la même case, le premier à droite représente des unités, le second, en allant vers la gauche, représente des dixaines, et le troisième des centaines.

Quand il y a deux lettres dans la même case, la lettre à droite représente des unités, celle à gauche représente des douzaines.

Si le tableau était fait tout en chiffres arabes, il n'y aurait, pour distinguer les nombres décimaux et les nombres douzimaux, que la convention de placer les nombres décimaux sous les nombres douzimaux ; il paraît qu'en écrivant les nombres douzimaux en lettres et les nombres décimaux en chiffres, ils sont mieux distingués.

Le tableau ci-dessous est placé à cette page pour que les tableaux suivants soient en regard l'un de l'autre.

u 1	d 2	t 3	q 4	c 5	r 6	s 7	h 8	n 9	x 10	o 11	uz 12
d 2	q 4	r 6	h 8	x 10	uz 12	ud 14	uq 16	ur 18	uh 20	ux 22	dz 24
t 3	r 6	n 9	uz 12	ut 15	ur 18	un 21	dz 24	dt 27	dr 30	dn 33	tz 36
q 4	h 8	uz 12	uq 16	uh 20	dz 24	dq 28	dh 32	tz 36	tq 40	th 44	qz 48
c 5	x 10	ut 15	uh 20	du 25	dr 30	do 35	tq 40	tn 45	qd 50	qs 55	cz 60
r 6	uz 12	ur 18	dz 24	dr 30	tz 36	tr 42	qz 48	qr 54	cz 60	cr 66	rz 72
s 7	ud 14	un 21	dq 28	do 35	tr 42	qu 49	qh 56	ct 63	cx 70	rc 77	sz 84
h 8	uq 16	dz 24	dh 32	tq 40	qz 48	qh 56	cq 64	rz 72	rh 80	sq 88	hz 96
n 9	ur 18	dt 27	tz 36	tn 45	qr 54	ct 63	rz 72	rn 81	sr 90	ht 99	nz 108
x 10	uh 20	dr 30	tq 40	qd 50	cz 60	cx 70	rh 80	sr 90	hq 100	nd 110	xz 120
o 11	ux 22	dn 33	th 44	qs 55	cr 66	rc 77	sq 88	ht 99	nd 110	xu 121	oz 132
uz 12	dz 24	tz 36	qz 48	cz 60	rz 72	sz 84	hz 96	nz 108	xz 120	oz 132	uzz 144

Un	u	1	trois douzaines un	t u	37
deux	d	2	trois douzaines deux	t d	38
trois	t	3	trois douzaines trois	t t	39
quatre	q	4	trois douz. quatre	t q	40
cinq	c	5	trois douzaines cinq	t c	41
six	r	6	trois douzaines six	t r	42
sept	s	7	trois douzaines sept	t s	43
huit	h	8	trois douzaines huit	t h	44
neuf	n	9	trois douzaines neuf	t n	45
dix	x	10	trois douzaines dix	t x	46
onze	o	11	trois douzaines onze	t o	47
une douzaine	u z	12	quatre douzaines	q z	48
une douzaine un	u u	13	quatre douzaines un	q u	49
une douzaine deux	u d	14	quatre douz. deux	q d	50
une douzaine trois	u t	15	quatre douz. trois	q t	51
une douzaine quatre	u q	16	quatre douz. quatre	q q	52
une douzaine cinq	u c	17	quatre douz. cinq	q c	53
une douzaine six	u r	18	quatre douzaines six	q r	54
une douzaine sept	u s	19	quatre douzaines sept	q s	55
une douzaine huit	u h	20	quatre douz. huit	q h	56
une douzaine neuf	u n	21	quatre douz. neuf	q n	57
une douzaine dix	u x	22	quatre douzaines dix	q x	58
une douzaine onze	u o	23	quatre douz. onze	q o	59
deux douzaines	d z	24	cinq douzaines	c z	60
deux douzaines un	d u	25	cinq douzaines un	c u	61
deux douzaines deux	d d	26	cinq douzaines deux	c d	62
deux douzaines trois	d t	27	cinq douzaines trois	c t	63
deux douz. quatre	d q	28	cinq douz. quatre	c q	64
deux douzaines cinq	d c	29	cinq douzaines cinq	c c	65
deux douzaines six	d r	30	cinq douzaines six	c r	66
deux douzaines sept	d s	31	cinq douzaines sept	c s	67
deux douzaines huit	d h	32	cinq douzaines huit	c h	68
deux douzaines neuf	d n	33	cinq douzaines neuf	c n	69
deux douzaines dix	d x	34	cinq douzaines dix	c x	70
deux douzaines onze	d o	35	cinq douzaines onze	c o	71
trois douzaines	t z	36	six douzaines	r z	72

Si douze ne signifiait pas une douzaine et un douzième, on pourrait dire un douze un pour treize; cinq douze pour soixante; mais pour éviter tout équivoque, il faut toujours dire douzaine.

Si dans le tableau ci-dessus les nombres douzimaux et les nombres décimaux étaient tous écrits avec des chiffres, il n'y aurait, pour les distinguer, que la convention de mettre les nom-

Six douzaines un	r u	73	neuf douzaines un	n u	109
six douzaines deux	r d	74	neuf douzaines deux	n d	110
six douzaines trois	r t	75	neuf douzaines trois	n t	111
six douzaines quatre	r q	76	neuf douz. quatre	n q	112
six douzaines cinq	r c	77	neuf douzaines cinq	n c	113
six douzaines six	r r	78	neuf douzaines six	n r	114
six douzaines sept	r s	79	neuf douzaines sept	n s	115
six douzaines huit	r h	80	neuf douzaines huit	n h	116
six douzaines neuf	r n	81	neuf douzaines neuf	n n	117
six douzaines dix	r x	82	neuf douzaines dix	n x	118
six douzaines onze	r o	83	neuf douzaines onze	n o	119
sept douzaines	s z	84	dix douzaines	x z	120
sept douzaines un	s u	85	dix douzaines un	x u	121
sept douzaines deux	s d	86	dix douzaines deux	x d	122
sept douzaines trois	s t	87	dix douzaines trois	x t	123
sept douz. quatre	s q	88	dix douzaines quatre	x q	124
sept douzaines cinq	s c	89	dix douzaines cinq	x c	125
sept douzaines six	s r	90	dix douzaines six	x r	126
sept douzaines sept	s s	91	dix douzaines sept	x s	127
sept douzaines huit	s h	92	dix douzaines huit	x h	128
sept douzaines neuf	s n	93	dix douzaines neuf	x n	129
sept douzaines dix	s x	94	dix douzaines dix	x x	130
sept douzaines onze	s o	95	dix douzaines onze	x o	131
huit douzaines	h z	96	onze douzaines	b z	132
huit douzaines un	h u	97	onze douzaines un	o u	133
huit douzaines deux	h d	98	onze douzaines deux	o d	134
huit douzaines trois	h t	99	onze douzaines trois	o t	135
huit douz. quatre	h q	100	onze douz. quatre	o q	136
huit douzaines cinq	h c	101	onze douzaines cinq	o c	137
huit douzaines six	h r	102	onze douzaines six	o r	138
huit douzaines sept	h s	103	onze douzaines sept	o s	139
huit douzaines huit	h h	104	onze douzaines huit	o h	140
huit douzaines neuf	h n	105	onze douzaines neuf	o n	141
huit douzaines dix	h x	106	onze douzaines dix	o x	142
huit douzaines onze	h o	107	onze douzaines onze	o o	143
neuf douzaines	n z	108	douze douzaines	u z z	144

bres décimaux dans la colonne à droite, et les nombres douzimaux dans la colonne à gauche ; il paraît que les nombres sont mieux distingués en écrivant ceux douzimaux avec des lettres , et ceux décimaux avec des chiffres.

1	u	1 000	r o q	1 000 000	q z d h c q	
2	d	2 000	u h x h	2 000 000	h z c q x h	
3	t	3 000	u h z z	3 000 000	u z z h u q z	
4	q	4 000	d t n q	4 000 000	u q z x n n q	
5	c	5 000	d x h h	5 000 000	u h u u r d h	
6	r	6 000	s c h z	6 000 000	d z u q d h z	
7	s	7 000	q z s q	7 000 000	d q u r o u q	
8	h	8 000	q s r h	8 000 000	d h u n s r h	
9	n	9 000	c d r z	9 000 000	t z d z q z z	
10	x	10 000	c n c q	10 000 000	t q d t z c q	
20	u h	20 000	o r x h	20 000 000	r h q r z x h	
30	d r	30 000	u c q q z	30 000 000	x z r n u q z	
40	t q	40 000	u o u n g	40 000 000	u u q n z u n q	
50	q d	50 000	d q o d h	50 000 000	u q h o t d d h	
60	c z	60 000	d x h h q	60 000 000	u h u u r d h z	
70	c x	70 000	t q r u q	70 000 000	u o c t n t u q	
80	r h	80 000	t x t r h	80 000 000	d d n r z t r h	
90	s r	90 000	q q u z z	90 000 000	d r u h t q z z	
100	h q	100 000	q n x c q	100 000 000	d n c x r q c q	
200	u q h	200 000	n s h x h	200 000 000	c r o n z h x h	
300	d u z	300 000	u d c s q z	300 000 000	h q c s s u q z	
400	d n q	400 000	u s i c n q	400 000 000	o u o r u c n q	
500	t c h	500 000	d z u q d h	500 000 000	u u o c q s x d h	
600	q d z	600 000	d q o d h z	600 000 000	u q h o t d d h z	
700	q x q	700 000	d n n u n q	700 000 000	u s r c u h s u q	
800	c r h	800 000	t d r o r h	800 000 000	u x t o z d o r h	
900	r t z	900 000	t s q x z z	900 000 000	d u u q x n q z z	

On voit ci-contre que la multiplication des nombres douzimaux par dix ne se fait plus en transportant le point d'un rang vers la droite, ni la division en le transportant d'un rang vers la gauche; mais la multiplication et la division des nombres douzimaux par *douze* se font par la seule transposition du point.

Il est plus utile de prendre par la transposition du point le douzième que le dixième, parce que l'année se divise en douze mois.

10		x
100	h q	x
1 000	r o q	x
10 000	c n c q	x
100 000	q n x c q	x
1 000 000	q z d h c q	x
10 000 000	t q d t z c q	x
100 000 000	d n c x r q c q	x
1 000 000 000	d t x x n t h c q	x
10 000 000 000	u o t z o n u z c q	x
100 000 000 000	u s q r u n r x q c q	

1	000 000 000	d t x x n t h c q
2	000 000 000	q s n n r s q x h
3	000 000 000	r o h h t o u q z
4	000 000 000	n t s s u d n n q
5	000 000 000	o s r c x r r d h
6	000 000 000	u u o c q s x d h z
7	000 000 000	u q t q t c u o u q
8	000 000 000	u r s t d d c s r h
9	000 000 000	u h o d z o n q z z
10	000 000 000	u o t z o n u z c q
20	000 000 000	t x r u o r d z x h
30	000 000 000	c n n d o t t u q z
40	000 000 000	s n z t o z q u n q
50	000 000 000	n h t q x n c d d h
60	000 000 000	o s r c x r r d h z
70	000 000 000	u u r n r x t s t u q
80	000 000 000	u t r z s x z h t r h
90	000 000 000	u c c t h n n n q z z
100	000 000 000	u s q r n n r x q c q
200	000 000 000	t d n u s s u h h x h
300	000 000 000	q x u h c q h s u q z
400	000 000 000	r c r t t d t c c n q
500	000 000 000	h z x x z o x t x d h
600	000 000 000	u h t q x n c d d h z
700	000 000 000	o t s o h s z z s u q
800	000 000 000	u z o z r r q r x o r h
900	000 000 000	u d r c u q d u n q z z
000	000 000 000	

USAGE DE LA TABLE CI-DESSUS.

LONGUEUR DU MÉRIDIEN
EN LIGNES PIEDS DE ROI.

Nombre décimal.	Nombre douzimal.
17 731 837 440	l c d x q t q z z z
10 000 000 000	u o t z o n u z c q
- 7 000 000 000	u q t q t c u o u q
700 000 000	u s r c u h s u q
30 000 000	x z r n u q z
1 000 000	q z d h c q
800 000	t d r o n h
30 000	u c q q z
7 000	q z s q
400	d n q
40	t q
0	z
17 731 837 440	l c d x q t q z z z

OBSERVATION.

En sachant par cœur la valeur de 100, de 1,000, de 10,000 en nombres douzimaux, on peut facilement, sans le secours de tables, convertir des nombres assez forts,

Par exemple : 98,760

En multipliant		
10,000		c, n cq
par 9		n
9,000		qq, u z z
En multipliant		
1,000		r o q
par 8		h
8000		q, s r h
En multipliant		
100		h q
par 7		s
700		q x q
En multipliant		
10		r
par 6		
60		e z
Et en ajoutant		
90,000		q q, u z, z
8000		q, s r h
700		q x q
60		c z
98,760		q n, u x z

Il faut bien faire attention que la multiplication et l'addition des nombres en chiffres se se font suivant la méthode actuelle, et que les mêmes règles des nombres en lettres se font suivant la méthode que j'appelle douzimale indiquée ci-après, page 28.

		z z z z	1 728	n z z z	z z z	2 985 984
		z z z z	3 456	d z z z	z z z	5 971 968
		z z z z	5 184	t z z z	z z z	8 957 952
		z z z z	6 912	q z z z	z z z	11 943 936
	1 000	z z z z	8 640	c z z z	z z z	14 929 920
		z z z z	10 368	r z z z	z z z	17 915 904
		z z z z	12 096	s z z z	z z z	20 901 888
		z z z z	13 824	h z z z	z z z	23 887 872
		z z z z	15 552	n z z z	z z z	26 873 856
		z z z z	17 280	x z z z	z z z	29 859 840
		z z z z	19 008	o z z z	z z z	32 845 824
	12	z z z z	20 736	u z z z	z z z	35 831 808
d z	24	d z z z	41 472	d z z z	z z z	71 663 616
	36	t z z z	62 208	t z z z	z z z	107 485 424
	48	q z z z	82 944	q z z z	z z z	143 307 232
o z	60	c z z z	103 680	c z z z	z z z	179 159 040
r z	72	r z z z	124 416	r z z z	z z z	214 990 848
	84	s z z z	145 152	s z z z	z z z	250 822 656
h z	96	h z z z	165 888	h z z z	z z z	286 644 464
n z	108	n z z z	186 624	n z z z	z z z	322 486 272
x z	120	x z z z	207 360	x z z z	z z z	358 318 080
	132	o z z z	228 096	o z z z	z z z	394 150 888
u z z	144	u z z z	248 832	u z z z	z z z	429 981 696
d z z	288	d z z z	497 664	d z z z	z z z	859 963 392
t z z	432	t z z z	746 496	t z z z	z z z	1 289 945 088
q z z	576	q z z z	995 328	q z z z	z z z	1 719 926 784
c z z	720	c z z z	1 244 160	c z z z	z z z	2 149 908 480
r z z	864	r z z z	1 492 992	r z z z	z z z	2 549 890 176
s z z	1 008	s z z z	1 741 824	s z z z	z z z	2 909 871 872
h z z	1 152	h z z z	1 990 656	h z z z	z z z	3 439 853 568
n z z	1 296	n z z z	2 239 488	n z z z	z z z	3 869 835 264
x z z	1 440	x z z z	2 488 320	x z z z	z z z	4 299 816 960
o z z	1 584	o z z z	2 737 152	o z z z	z z z	4 729 798 656

En divisant la longueur du méridien de 17,731,837,440 lignes par 61,917,364,224 le multiple de douze immédiatement plus fort, afin d'avoir une partie aliquote douzimale plus petite que la ligne pied de roi, on a la fraction décimale de ligne : 0,286,379,074.15 ou la fraction douzimale de ligne, z, tzd, xzqz, tzo, oo de manière qu'en supprimant le zéro et le point, on a la longueur du méridien en lignes, comme on la trouve, en convertissant avec la table pages 24 et 25, le nombre décimal, 17,731,837,440 en nombre douzimal.

u z z	z z z z z z	5	150	780	352
d z z	z z z z z z	10	319	560	704
i z z	z z z z z z	15	479	341	056
q z z	z z z z z z	20	639	121	408
c z z	z z z z z z	25	798	901	760
r z z	z z z z z z	30	958	682	112
s z z	z z z z z z	36	118	462	465
h z z	z z z z z z	41	278	242	816
n z z	z z z z z z	46	438	023	168
x z z	z z z z z z	51	597	803	520
o z z	z z z z z z	56	757	583	872
u z z	z z z z z z	61	917	364	224
d z z	z z z z z z	123	834	728	448
i z z	z z z z z z	185	752	092	672
q z z	z z z z z z	247	669	456	896
a z z	z z z z z z	309	586	821	120
r z z	z z z z z z	371	504	185	344
s z z	z z z z z z	433	421	549	568
h z z	z z z z z z	495	338	913	792
n z z	z z z z z z	557	256	278	016
x z z	z z z z z z	619	173	642	240
o z z	z z z z z z	681	091	006	464
u z z	z z z z z z	743	008	370	688
d	z z z z z z z	1 486	016	741	376
i	z z z z z z z	2 229	025	112	064
q	z z z z z z z	2 972	033	482	752
c	z z z z z z z	3 715	041	853	440
r	z z z z z z z	4 458	050	124	128
h	z z z z z z z	5 201	058	494	816
h	z z z z z z z	5 944	066	865	504
n	z z z z z z z	6 687	075	236	192
x	z z z z z z z	7 430	083	606	880
o	z z z z z z z	8 173	091	977	568
u z z	z z z z z z z	9 816	000	348	256

OBSERVATION.

En sachant par cœur la valeur du terno, du quarto et du quinto, en nombre décimal, on peut, sans le secours de la table ci-contre, convertir d'assez grands nombres douzimaux en nombres décimaux.

Par exemple $o x, h c z$

En multipliant

$u z, z z z$	20,736
par onze o	11
	20,736
	20,736
$o z, z z z$	228,096

En multipliant

$d, z z z$	1,728
par dix x	10
$z, z z z$	17,280

En multipliant

$u z$	144
par huit	8
$h z z$	1,152

En multipliant

$u z$	12
par cinq c	5
$c z$	60

Et en ajoutant

$o z, z z z$	228,096
$x, z z z$	17,280
$h z z$	1,152
$c z$	60
z	0
$o x, h c z$	246,588

USAGE DE LA TABLE CI-DESSUS.

LONGUEUR DU MÉRIDIEN EN LIGNES PIEDS DE ROI.						
Nombre douzimal			**Nombre décimal**			
t $c d x$	$q t q$	$z z z$—17	731	837	440	
$d z z$	$z z z$	$z z z$ 15	479	341	056	
$e z z$	$z z z$	$z z z$ 2	149	908	480	
$d z$	$z z z$	$z z z$	71	663	616	
x	$z z z$	$z z z$	29	859	840	
	$q z z$	$z z z$		995	328	
	$t z$	$z z z$		62	208	
	q	$z z z$		6	912	
		$z z z$		0	000	
		$z z z$		0	000	
		$z z z$		0	000	
t $c d x$	$q t q$	$z z z$—17	731	837	440	

Pour faire facilement les quatre premières règles d'arithmétique avec les nombres douzimaux, il faut bien apprendre et savoir les multiples de douze, et le produit de chaque lettre multipliée par elle-même ou par chacune des autres ; il faut donc savoir la table de multiplication qui est à la page suivante.

Voici, dans la même opération, un exemple de chacune des quatre premières règles, avec des nombres douzimaux abstraits. Multiplier six tertio onze douzaines quatre, par deux tertio six douzaines.

$$r\ o\ q$$
$$d\ r\ z$$

$$t\ c\ h\ z$$
$$u\ u\ x\ h$$

$$u\ c\ q\ q\ z\ z$$

Je vois que la première lettre à droite du multiplicateur est un zéro, je le néglige un meoment.

Passant à la seconde lettre, je dis : six fois quatre font deux douzaines ; je pose zéro et je me retiens deux.

Six fois onze font cinq douzaines, six et deux de retenue font cinq douzaines huit ; je pose huit et je me retiens cinq.

Six fois six font trois douzaines, et cinq retenues font trois douzaines cinq ; je pose cinq et j'avance trois.

Prenant la troisième lettre du multiplicateur, je dis : deux fois quatre font huit que je pose.

Deux fois onze font une douzaine dix ; je pose dix et je me retiens un.

Deux fois six font une douzaine, et une de retenue font une douzaine un ; je pose un et j'avance un.

Pour faire l'addition, je me rappelle le zéro du multiplicateur que j'ai négligé, j'en écris un sous la seconde barre, sous la ligne perpendiculaire de celui du multiplicateur.

Je dis ensuite zéro c'est zéro, (pour celui sous la première barre), et je l'écris sous la seconde, à gauche du précédent.

Huit et huit font une douzaine quatre ; je pose quatre et je me retiens un.

Un de retenue et trois font quatre, et un font cinq que je pose.

Un, c'est un, que j'écris.

L'addition est faite.

Le produit de la multiplication est un sexto cinq quinto quatre quarto quatre tertio. $u\ c\ q,\ q\ z\ z.$

u	d	t	q	c	r	s	h	n	x	o	uz
d	q	r	h	x	uz	ud	uq	ur	uh	ux	dz
t	r	n	uz	ut	ur	un	dz	dt	dr	dn	tz
q	h	uz	uq	uh	dz	dq	dh	tz	tq	th	qz
c	x	ut	uh	du	dr	do	tq	tn	qd	qs	cz
r	uz	ur	dz	dr	tz	tr	qz	qr	cz	cr	rz
s	ud	un	dq	do	tr	qu	qh	ct	cx	rc	sz
h	uq	dz	dh	tq	qz	qh	cq	rz	rh	sq	hz
n	ur	dt	tz	tn	qr	ci	rz	rn	sq	ht	nz
x	uh	dr	tq	qd	cz	cx	rh	sr	hq	nd	xz
o	ux	dn	th	qs	cr	rc	sq	ht	na	xu	oz
uz	dz	tz	qz	cz	rz	sz	hz	nz	xz	oz	uzz

OBSERVATION.

Quand il y a deux lettres dans une case de la table ci-contre, la lettre à droite représente les unités; la lettre à gauche représente des douzaines. Pour trouver, par exemple, le produit de s par n, on prend s dans la première ligne transversale, et n dans la première colonne à gauche. Leur produit est dans la case sous s, vis-à-vis n, et on dit sept fois neuf font cinq douzaines trois.

La multiplication ci-contre, qui est la même que celle de la page précédente, pourrait aussi se faire en disant : six fois quatre font vingt-quatre ou deux douzaines; je pose zéro et je me retiens deux.

$$r \quad o \quad q$$
$$d \quad r \quad z$$
$$t \quad c \quad h \quad z$$
$$u \quad u \quad x \quad h$$

Six fois onze font 66, et deux de retenue font 68, ou cinq douzaines huit; je pose huit et je me retiens cinq.

Six fois six font 36, et cinq de retenue font 41, ou trois douzaines cinq; je pose cinq et j'avance trois.

Deux fois quatre font huit, que je pose.

Deux fois onze font 22, ou une douzaine dix; je pose dix et je me retiens un.

Deux fois six font douze, et un de retenue font treize, ou une douzaine un; je pose un et j'avance un.

On pourrait faire l'addition en disant : zéro c'est
zéro, (celui du multiplicateur), zéro c'est zéro,
(celui sous la première barre).

Huit et huit font 16, ou une douzaine quatre;
je pose quatre et je me retiens un.

Un de retenue et cinq font 6, et dix font 16,
ou une douzaine quatre; je pose quatre et je me retiens un.

Un de retenue et trois font quatre, et un font cinq, que je
pose.

Un c'est un, que j'écris. L'addition est finie, et le produit de
la multiplication est le même qu'à la page précédente, $u\,c\,q,\,q\,z\,z$.

Division du produit de la multiplication précédente par $t,\,q\,z\,z$.
Je pose ainsi la règle.

$$
\begin{array}{l}
r\;o\;q\\
d\;r\;z\\
\hline
t\;c\;h\;z\\
u\;u\;x\;h\\
\hline
u\,c\,q,\,q\,z\,z
\end{array}
$$

$$
\begin{array}{ll}
u\,c\,q,\,q\,z\,z & \| \; t.\,q\,z\,z\\
u\,q.h\;z\;z & \overline{\;c\,d.\,r}\\
\hline
»\;h\;q\,z\,z &\\
r\;h\,z\,z &\\
\hline
u\,h\,z\,z\,z &\\
u\,h\,z\,z\,z &\\
\hline
»\;»\;»\;»\;« &
\end{array}
$$

Je vois que le diviseur a quatre
lettres, et que sa première à gauche
est plus forte que la première à
gauche du dividende entier. Je
prends alors cinq lettres pour dividende partiel, je les sépare par un
point.

Je dis ensuite, en un combien de fois trois? il n'y est pas; en une
douzaine cinq combien de fois trois? cinq fois. J'écris cinq au
quotient, et je multiplie par cinq toutes les lettres du diviseur
dont je place le produit sous le dividende partiel, et je fais la
soustraction en disant : zéro paie zéro il reste zéro. De quatre
pour payer zéro, il reste quatre.

Quatre ne peuvent pas payer huit, j'emprunte *un qui vaut
douze*, et quatre font une douzaine quatre, pour payer huit il
reste huit.

La lettre cinq sur laquelle j'ai fait l'emprunt, ne vaut plus
que quatre, pour payer quatre il reste zéro; d'un pour payer un
il reste zéro.

Le reste de la soustraction est, $h\,y\,z$, je descends à côté le zéro
du dividende qui est à droite du point, et j'ai pour 2me dividende
partielle, $h,\,q\,z\,z$, je dis, en huit combien de fois trois? deux fois.
J'écris deux au quotient et je multiplie par deux le diviseur, dont
je mets le produit sous le second dividende partiel. Je fais la
soustraction en disant : (deux fois) zéro paie zéro, reste zéro.

Quatre ne peuvent pas payer huit, j'emprunte un qui vaut
douze, et quatre font une douzaine quatre, pour payer huit il
reste huit.

La lettre huit, à cause de l'emprunt, ne vaut plus que sept ; pour payer six, il reste un.

Le reste de la soustraction est, *u, h z z* ; il n'y a plus de lettre du dividende à descendre ; j'ajoute un zéro au reste ci-dessus et j'ai pour troisième dividende partiel : *u h, z z z*. Je mets un point au quotient pour, indiquer que les lettres *c d*, qui y sont à gauche de ce point, représentent des unités, et que celle qui sera à droite du point représentera des douzièmes. Je dis : en une douzaine huit combien de fois trois? six fois. J'écris six au quotient, à droite du point ; je multiplie par six le diviseur dont je mets le produit sous le troisième dividende ; je fais la soustraction qui se fait sans reste. La division est faite ; son quotient est cinq douzaines deux unités six douzièmes, *c d. r.*

u c q q z z	*t q z z*
u q h z z	*c d. r*
» » h q z z	
r h z z	
u h z z z	
u h z z z	
» » » »	

La division ci-contre, la même que celle de la page précédente, pourrait aussi se faire en disant : en un combien de fois trois? il n'y est pas. En une douzaine cinq, ou en 17 combien de fois trois? il y est cinq fois. Je pose cinq, au quotient et je multiplie par cinq le diviseur, dont je pose le produit sous le dividende partiel.— Pour faire la soustraction, je dis : zéro paie zéro, il ne reste rien.— De quatre pour payer zéro, il reste quatre, que j'écris sous la barre.

Quatre ne peuvent pas payer huit ; j'emprunte un qui vaut *douze*, et quatre font une douzaine quatre, ou seize pour payer huit, il reste huit que j'écris sous la barre. La lettre cinq, à cause de l'emprunt, ne vaut plus que quatre ; pour payer quatre il reste zéro.

Le reste entier de la soustraction est *h q z*. Je descends à côté le zéro du dividende, et j'ai pour second dividende partiel *h, q z z*. Je dis : en huit combien de fois trois? il y est deux fois. Je pose deux au quotient, et je multiplie par deux le diviseur dont je pose le produit sous le second dividende partiel ; pour faire la soustraction je dis : (deux fois) zéro paie zéro, reste zéro.

Quatre ne peuvent pas payer huit ; j'emprunte un qui vaut *douze*, et quatre font une douzaine quatre, ou seize pour payer huit, il reste huit.

La lettre huit, à cause de l'emprunt, ne vaut plus que sept, pour payer six il reste un.

Le reste entier de la seconde soustraction est *u h z*, il n'y a plus de lettre du dividende à descendre. Je mets un zéro après ce reste, et j'ai alors, pour troisième dividende partiel, *u h z z* ;

mais avant de faire la division, je mets un point au quotient après les lettres c d, pour indiquer que ces lettres représentent des unités et que celle qui va venir représentera des douzièmes, et je dis : en un combien de fois trois? il n'y est pas; en une douzaine et huit ou en vingt combien de fois trois? il y est six fois; j'écris six au quotient, et je multiplie par six le diviseur dont je mets le produit sous le troisième dividende partiel, et je fais la soustraction qui se fait sans reste. La division est finie, son quotient est le même qu'à la page précédente. c d. r.

DES FRACTIONS.

On appelle fractions ordinaires celles dont le dénominateur est un nombre quelconque, pourvu qu'il soit plus grand que le numérateur. L'unité peut alors être divisée par tous les nombres possibles.

On appelle fractions décimales celles qui ont constamment pour dénominateur l'unité, suivie d'autant de zéro que le numérateur a de chiffres. L'unité est alors divisée par dix ou par les multiples de dix.

Je nomme fractions douzimales, celles qui ont constamment pour dénominateur l'unité suivie d'autant de zéro que le numérateur a de lettres.

L'unité est alors divisée par douze, ou par les multiplés ou sous multiples de douze.

Pour convertir en fractions douzimales une fraction ordinaire, il faut diviser le numérateur par le dénominateur; par exemple, cinq sixièmes. c) Je dis en cinq combien de fois six? Il n'y est pas; je mets un zéro après le numérateur, et alors j'ai cinq douzaines à diviser par six. Je pose la règle ainsi :

$$c\ z\ .\ r.$$
$$\frac{c\ z}{\begin{array}{|c}z.\ x\\ \text{» »}\end{array}}$$

Je mets au quotient un zéro et un point, pour indiquer qu'il n'y a pas d'unité et je dis : en cinq douzaines combien de fois six? dix fois. J'écris dix au quotient, et je multiplie par dix le diviseur en disant, dix fois six font cinq douzaines c z, que je mets sous le dividende, et je fais la soustraction qui se fait sans reste, d'où je conclus que cinq sixièmes font exactement dix douzièmes, que j'écris ainsi z. x.

Autre exemple : dix onzièmes $x|$o. Je dis en dix combien de fois onze ? il n'y est pas. Je mets un zéro après le numérateur, et alors j'ai dix douzaines à diviser par onze.

$$\begin{array}{c|c} x\,z & o \\ \hline n\,d & z.\,x\,x\,x \\ \hline x\,z & \\ n\,d & \\ \hline x\,z & \\ n\,d & \\ \hline x. & \end{array}$$

Je mets au quotient un zéro et un point pour indiquer qu'il n'y a pas d'unités et je dis : en dix douzaines combien de fois onze? dix fois. J'écris dix au quotient et je multiplie par dix le diviseur, en disant : dix fois onze font neuf douzaines deux, $n\,d$, que j'écris sous le dividende. Pour faire la soustraction, je dis : zéro ne peut pas payer deux, j'emprunte un qui vaut *douze*, pour payer deux reste dix. La lettre x du dividende, à cause de l'emprunt, ne vaut plus que neuf, pour payer neuf il ne reste rien.

Le reste de la soustraction entière est x, j'ajoute un zéro et je fais une seconde division qui me donne, comme la première, x au quotient et x de reste au dividende ; la même chose pour la troisième division, d'où je conclus que onze ne peut pas diviser dix exactement, mais que la fraction z ; xxx approche de l'exactitude à moins d'un 1728me près. La première lettre après le point représente des douzièmes, la seconde des 144me que j'appelle des tertionièmes, la troisième des 1728me que je nomme des quartonièmes.

Pour convertir, en fraction douzimale, une fraction décimale, il faut multiplier successivement la fraction décimale par douze, en séparant au produit autant de chiffres que la fraction décimale en a. Le ou les chiffres à gauche du point représentent des douzièmes ; les chiffres à droite du point représentent une fraction décimale qu'on peut encore multiplier par douze, pour avoir des douzièmes de douzièmes.

Par exemple la fraction :

$$\begin{array}{r} 0,\,296 \\ 12 \\ \hline 0,\,0592 \\ 0,\,296 \\ \hline 0.\ 3.55\frac{2}{2} \end{array}$$

On peut remplacer la multiplication par l'addition, en écrivant trois fois la fraction décimale, comme ci-contre $\left.\right\}$

$$\begin{array}{r} 552 \\ 552 \\ 552 \end{array}$$

On trace les chiffres à gauche de la virgule pour ne pas les additionner par inadvertance, dans les opérations suivantes.

$$\begin{array}{r} 6.624 \\ 624 \\ \hline 7,488 \end{array}$$

	Report d'autre part.	488
		488
	douzaine à diviser d'un...	488
		5,856
		856
		856
		10,272

La fraction décimale 0,296 vaut donc la fraction douzimale $z, t \, r \, s \, c \, x$.

On peut ainsi convertir en fractions douzimales tel nombre qu'on veut de fractions ordinaires ou décimales et on peut faire sur les fractions douzimales, les quatre premières règles d'arithmétique, bien plus facilement que sur les fractions décimales, par exemple pour ajouter ensemble un tiers et un quart convertis en fractions douzimales, il ne faut qu'additionner trois et quatre douzièmes, qui font sept douzièmes; la somme exacte d'un tiers et d'un quart $z. t$ plus $z. q$ égal $z. s$, tandis que pour additionner un tiers et un quart convertis en fractions décimales, il faut au moins additionner 25 et 33 centimes qui font 58 centimes, qui ne sont pas la valeur exacte d'un tiers et d'un quart; si l'on veut en approcher plus près, il faut additionner 250 et 333 millièmes, qui font 583 millièmes, et ce n'est encore qu'une approximation, qui ne suffit pas quand l'unité principale est grande. Jamais on ne peut atteindre l'exactitude comme avec les fractions douzimales, qui n'ont chacune qu'une lettre. *Page 8.*

Pour convertir en fraction décimale, une fraction douzimale, il faut multiplier celle-ci par dix, et séparer par un point, au produit, autant de lettres que la fraction douzimale en a; la lettre à gauche du point représente des dixièmes: si c'est la lettre x, c'est dix dixièmes ou l'unité; si c'est la lettre o, c'est onze dixièmes ou l'unité et un dixième. Les lettres séparées à droite du point sont une fraction douzimale, qu'on peut encore multiplier par dix, pour avoir des centimes, et ainsi de suite. Par exemple un douzième et demi, ou un douzième six douzièmes de douzièmes.

$z. u \, r$.

x

$\overline{u. \, t \, z}$ égal 0,1

x

$\overline{d \, r \, z}$ égal 0,02

x

$\overline{c \, z \, z}$ égal 0,005

$> > >$ 0,125

La fraction douzimale $z. u \, r$ vaut un huitième.

La fraction décimale 0.125 vaut un huitième.

On voit que la fraction douzimale a une expression plus simple que la fraction décimale.

TABLE DE CONVERSION

DES FRACTIONS DÉCIMALES EN FRACTIONS DOUZIMALES. (*V. page* 33).

FRACTIONS DÉCIMALES.	VALEUR EN FRACTIONS DOUZIM.							FRACTIONS DÉCIMALES.	VALEUR EN FRACTIONS DOUZ.					
	Unité.	Douzièmes.	Tertionièmes.	Quartonièmes.	Quintonièmes.	Sextonièmes.	Septonièmes.		douzièmes.	Tertionièmes.	Quartonièmes.	Quintonièmes.	Sextonièmes.	Septonièmes.
0. 000.001	z.	z	z	z	z	z	t	0. 001	z.	z	z	u	h	h	x
0. 000.002	z.	z	z	z	z	z	r	0. 002	z.	z	z	t	c	c	h
0. 000.003	z.	z	z	z	z	z	n	0. 003	z.	z	z	c	d	d	r
0. 000.004	z.	z	z	z	z	u	z	0. 004	z.	z	z	r	x	o	q
0. 000.005	z.	z	z	z	z	u	t	0. 005	z.	z	z	h	s	h	d
0. 000.006	z.	z	z	z	z	u	r	0. 006	z.	z	z	x	q	c	z
0. 000.007	z.	z	z	z	z	u	n	0. 007	z.	z	u	z	u	u	x
0. 000.008	z.	z	z	z	z	d	z	0. 008	z.	z	u	u	n	x	h
0. 000.009	z.	z	z	z	z	d	t	0. 009	z.	z	u	t	r	s	r
0. 000.01	z.	z	z	z	z	d	r	0. 01	z.	z	u	c	t	q	q
0. 000.02	z.	z	z	z	z	c	z	0. 02	z.	z	d	x	r	h	h
0. 000.03	z.	z	z	z	z	s	r	0. 03	z.	z	q	t	x	u	z
0. 000.04	z.	z	z	z	z	x	z	0. 04	z.	z	c	n	u	c	q
0. 000.05	z.	z	z	z	u	z	r	0. 05	z.	z	s	d	q	n	h
0. 000.06	z.	z	z	z	u	t	z	0. 06	z.	z	h	s	h	d	z
0. 000.07	z.	z	z	z	u	ç	r	0. 07	z.	z	n	x	o	r	q
0. 000.08	z.	z	z	z	u	h	z	0. 08	z.	z	o	r	d	x	h
0. 000.09	z.	z	z	z	u	x	r	0. 09	z.	u	z	o	r	t	z
0. 000.1	z.	z	z	z	d	z	x	0. 1	z.	u	d	q	n	s	t
0. 000.2	z.	z	z	z	q	u	h	0. 2	z.	d	q	h	s	d	r
0. 000.3	z.	z	z	z	r	d	r	0. 3	z.	t	s	d	q	n	n
0. 000.4	z.	z	z	z	h	d	q	0. 4	z.	q	n	s	d	c	z
0. 000.5	z.	z	z	z	x	t	d	0. 5	z.	r	z	z	z	z	t
0. 000.6	z.	z	z	u	z	q	z	0. 6	z.	s	d	q	n	s	r
0. 000.7	z.	z	z	u	d	q	x	0. 7	z.	h	q	n	s	d	n
0. 000.8	z.	z	z	u	q	c	h	0. 8	z.	n	s	d	q	x	z
0. 000.9	z.	z	z	u	r	r	r	0. 9	z.	x	n	s	d	c	t
0. 0 .1	z.	z	z	u	h	s	q	0. 0	u	z	z	z	z	z	r

Exemple de l'usage de la Table ci-dessus.

0. 0 0 6   z. z z x q c z
0. 0 9   z. u z o r t z
0. 2   z. d q n s d r

---

0. 296   z. t r s c x r

Le mètre a trois pieds onze lignes 296 millièmes de ligne.

3

	Numérateur.	Dénominateur.	Unité.	Douzièmes.	Tertionièmes.	Quartonièmes.	Quintonièmes.	Sextonièmes.	Septonièmes.	Unité.	Dixièmes.	Centièmes.	Millièmes.	Dix millièmes.	Cent millièmes.	Millionièmes.
un demi	u	d	z.	r	»	»	»	»	»	o.	5					
un tiers	u	t	z.	q	»	»	»	»	»	o.	3	3	3	3	3	3
deux tiers	d	t	z.	h	»	»	»	»	»	o.	6	6	6	6	6	6
un quart	u	q	z.	t	»	»	»	»	»	o.	2	5	»	»	»	»
trois quarts	t	q	z.	n	»	»	»	»	»	o.	7	5	»	»	»	»
un cinquième	u	c	z.	d	q	n	s	d	q	o.	2	»	»	»	»	»
deux cinquièmes	d	c	z.	q	n	s	d	q	h	o.	4	»	»	»	»	»
trois cinquièmes	t	c	z.	s	d	q	n	s	z	o.	6	»	»	»	»	»
quatre cinquièmes	q	c	z.	n	s	d	q	n	q	o.	8	»	»	»	»	»
un sixième	u	r	z.	d	»	»	»	»	»	o.	1	6	6	6	6	6
deux sixièmes	d	r	z.	q	»	»	»	»	»	o.	3	3	3	3	3	3
trois sixièmes	t	r	z.	r	»	»	»	»	»	o.	4	9	9	9	9	9
quatre sixièmes	q	r	z.	h	»	»	»	»	»	o.	6	6	6	6	6	6
cinq sixièmes	c	q	z.	x	»	»	»	»	»	o.	8	3	3	3	3	3
un septième	u	s	z.	u	h	r	x	t	t	o.	1	4	2	8	5	6
deux septièmes	d	s	z.	t	c	u	h	r	r	o.	2	8	5	7	1	2
trois septièmes	t	s	z.	c	u	h	r	x	t	o.	4	2	8	5	6	8
quatre septièmes	q	s	z.	r	x	t	c	u	h	o.	5	7	1	4	2	4
cinq septièmes	c	s	z.	h	r	x	t	c	n	o.	7	1	4	2	8	1
six septièmes	r	s	z.	x	t	c	u	h	r	o.	8	5	7	1	5	7
un huitième	u	h	z.	u	r	»	»	»	»	o.	1	2	5	»	»	»
deux huitièmes	d	h	z.	t	»	»	»	»	»	o.	2	5	0	»	»	»
trois huitièmes	t	h	z.	q	r	»	»	»	»	o.	3	7	5	»	»	»
quatre huitièmes	q	h	z.	r	»	»	»	»	»	o.	5	0	0	»	»	»
cinq huitièmes	c	h	z.	s	r	»	»	»	»	o.	6	2	5	»	»	»
six huitièmes	r	h	z.	n	»	»	»	»	»	o.	7	5	0	»	»	»
sept huitièmes	s	h	z.	x	r	»	»	»	»	o.	8	7	5	»	»	»
un neuvième	u	n	z.	u	q	»	»	»	»	o.	1	1	1	1	1	1
deux neuvièmes	d	n	z.	d	h	»	»	»	»	o.	2	2	2	2	2	2
trois neuvièmes	t	n	z.	q	»	»	»	»	»	o.	3	3	3	3	3	3
quatre neuvièmes	q	n	z.	c	q	»	»	»	»	o.	4	4	4	4	4	4
cinq neuvièmes	c	n	z.	r	h	»	»	»	»	o.	5	5	5	5	5	5
six neuvièmes	r	n	z.	h	»	»	»	»	»	o.	6	6	6	6	6	6
sept neuvièmes	s	n	z.	n	q	»	»	»	»	o.	7	7	7	7	7	7
huit neuvièmes	h	n	z.	x	h	»	»	»	»	o.	8	8	8	8	8	9

	Numérateur.	Dénominateur.	Unité. Douzièmes. Tertionièmes. Quartonièmes.	Quintonièmes. Sextonièmes. Septonièmes.	Unité. Dixièmes. Centièmes. Millièmes.	Dix millièmes. Cent millièmes. Millionièmes.
un dixième. . .	u	x	z. u d q	n s d	0. 1 » »	
deux dixièmes. .	d	x	z. d q n	s d q	0. 2 » »	
trois dixièmes. .	t	x	z. t s d	q n r	0. 3 » »	
quatre dixièmes. .	q	x	z. q n s	d q h	0. 4 » »	
cinq dixièmes. .	c	x	z. c o o	o o x	0. 5 » »	
six dixièmes. . .	r	x	z. s d q	n s z	0. 6 » »	
sept dixièmes. . .	s	x	z. h q n	s d d	0. 7 » »	
huit dixièmes. .	h	x	z. n s d	q n q	0. 8 » »	
neuf dixièmes. .	n	x	z. x n s	d q r	0. 9 » »	
un onzième. . . .	u	o	z. u u u	u u u	0. 0 9 0	9 0 9
deux onzièmes. .	d	o	z. d d d	d d d	0. 1 8 1	8 1 8
trois onzièmes. . .	t	o	z. t t t	t t t	0. 2 7 2	7 2 7
quatre onzièmes. .	q	o	z. q q q	q q q	0. 3 6 3	6 3 6
cinq onzièmes. . .	c	o	z. c c c	c c c	0. 4 5 4	5 4 5
six onzièmes. . . .	r	o	z. r r r	r r r	0. 5 4 5	4 5 4
sept onzièmes. . .	s	o	z. s s s	s s s	0. 6 3 6	3 6 3
huit onzièmes. . .	h	o	z. h h h	h h h	0. 7 2 7	2 7 2
neuf onzièmes. . .	n	o	z. n n n	n n n	0. 8 1 8	1 8 1
dix onzièmes. . . .	x	o	z. x x x	x x x	0. 9 0 9	0 9 0
un douzième. . .	u	u z	z. u » »	» » »	0. 0 8 3	3 3 3
deux douzièmes. .	d	u z	z. d » »	» » »	0. 1 6 6	6 6 6
trois douzièmes. .	t	u z	z. t » »	» » »	0. 2 4 9	9 9 9
quatre douzièmes.	q	u z	z. q » »	» » »	0. 3 3 3	3 3 3
cinq douzièmes. .	c	u z	z. c » »	» » »	0. 4 1 6	6 6 5
six douzièmes. . .	r	u z	z. r » »	» » »	0. 4 9 9	9 9 8
sept douzièmes. .	s	u z	z. s » »	» » »	0. 5 8 3	3 3 r
huit douzièmes. .	h	u z	z. h » »	» » »	0. 6 6 6	6 6 4
neuf douzièmes. .	n	u z	z. n » »	» » »	0. 7 4 9	9 9 7
dix douzièmes. . .	x	u z	z. x » »	» » »	0. 8 3 3	3 3 0
onze douzièmes. .	o	u z	z. o » »	» » »	0. 9 1 6	6 6 3

Le tableau précédent qui donne la conversion des fractions ordinaires en fractions douzimales et en fractions décimales, prouve que les fractions douzimales sont plus simples et par conséquent plus faciles et plus utiles que les fractions décimales.

De l'addition des nombres complexes.

Voici deux additions des mêmes nombres complexes.

La première, suivant la méthode ancienne, employée jusqu'en 1839, quand on se servait des mesures usuelles métriques.

La seconde, suivant la numération douzimale et la méthode d'écrire les nombres que j'emploie.

Ces deux additions se font de la même manière, en disant onze et dix font vingt un et six font vingt-sept points, ou deux lignes trois points ; je pose les trois points et je me retiens les deux lignes.

PIEDS.	POUCES.	LIGNES.	POINTS.
2	8	10	11
1	11	9	10
»	2	8	6
4	11	5	3

Deux lignes de retenue et dix font douze, et neuf font vingt et un, et huit font vingt-neuf lignes, ou deux pouces cinq lignes ; je pose les cinq lignes et je me retiens les deux pouces.

Deux pouces de retenue et huit font dix, et onze font vingt-un, et deux font vingt trois pouces, ou un pieds onze pouces que je pose et je me retiens le pied.

Un pied de retenue et deux font trois, et un font quatre que je pose.

PIEDS.	POUCES.	LIGNES.	POINTS.
d	h	x	o
u	o	n	x
»	d	h	r
q	o	c	t

Les deux additions sont faites, et donnent le même nombre de pieds, pouces, lignes, points. Mais il y a bien de la différence dans le résultat, par la manière d'écrire les nombres.

Le total de la première addition, compté ensemble par unités, dixaines, etc., fait 41, 153, nombre qui n'a aucun rapport avec la quantité de points que ce total contient, 8, 559.

Le total de la seconde addition, n'a que quatre lettres qui suivent la progression douzimale, et qui font à volonté.

1° Quatre pieds onze pouces cinq lignes trois points, (quatre sortes d'unités.)

2° Quatre douzaines onze pouces cinq lignes trois points, (trois sortes d'unités.)

3° Quatre tertio onze douzaines cinq lignes trois points, (deux sortes d'unités.)

Quatre quarto onze tertio cinq douzaines trois points, (une seule sorte d'unité.)

Lacroix, dans son traité d'arithmétique, en parlant des nombres complexes, dit en note :

« Les nombres accompagnés de fractions décimales, ne doi-
» vent pas recevoir cette dénomination, puisqu'on peut, à vue,
» les convertir en une seule espèce d'unités ; 34 mètres 95 , par
» exemple, reviennent à 3, 495 centimètres. » Supra pages 7, 8.
   Il faut en dire autant des nombres accompagnés de fractions
douzimales, comme on vient de le voir.

De la multiplication des nombres douzimaux complexes.

Pour connaître combien un tapis, qui a une aune de Paris de
longueur et de largeur, contient de pieds, pouces, lignes, points
carrés, suivant la méthode douzimale, il ne faut que multiplier
le nombre 3 pieds 7 pouces 10 lignes, 5/6 de ligne par lui-même.
   La fraction 5/6 , est celle que nous avons convertie en fraction
douzimale, d'une unité indéterminée ou abstraite. En prenant la
ligne pieds de roi pour cette unité, les 5/6 de ligne font donc
dix douzièmes de ligne ou dix points. L'aune de Paris alors a 3
pieds 7 pouces dix lignes dix points,
ci. . . . . $t\ s\ x\ x$

qu'il faut multiplier par ci. . . . . $t\ s\ x\ x$

La multiplication ci-contre se fait comme celle $t\ z\ s\ z\ q$
d'un nombre abstrait dont nous donnons un $t\ z\ s\ z\ q$
exemple, page 28. Il est inutile de détailler $d\ u\ s\ q\ x$
celle-ci. $x\ o\ h\ r$

Le tapis dont il s'agit contient. . . . . $u\ u\ q\ s\ r\ c\ q\ q$

   C'est-à-dire une douzaine un pied quatre douzaines sept pouces six douzaines cinq lignes quatre douzaines quatre points carrés,
qui font 13 pieds 55 pouces 65 lignes 52 points carrés.
   Pour faire l'opération ci-dessus, suivant la méthode ancienne et
des mesures usuelles, il faudrait, 1° multiplier les 3 pieds par
douze pour avoir des pouces ; 2° y ajouter les 7 pouces ; 3° multiplier le nombre de pouces par 12 , pour avoir des lignes ; 4° y
ajouter les dix lignes ; 5° multiplier le nombre de lignes par douze
pour avoir des points ; 6° y ajouter les dix points ; 7° convertir
la fraction 5/6 de ligne en points ; 8° les ajouter au nombre
précédent ; 9° multiplier le nombre total de points par lui-même,
pour avoir des points carrés ; 10° les diviser par 144 , pour avoir
des lignes carrées ; 110 les diviser par 144, pour avoir des pouces
carrés ; 12 les diviser par 144 , pour avoir des pieds carrés.
   Les douze opérations ci-dessus, se réduisent à deux, en suivant la
méthode douzimale ; 1° la conversion de la fraction 5/6 de ligne
en fraction douzimale, qui donne dix points très exactement ; 2° la
multiplication du nombre $t\ s\ x\ x$, par lui-même, qui est plus
courte que celle indiquée ci-dessus ; N° 9.

Quand les perches de 22, 20, 18, 9 ½ pieds, la toise de 6 pieds étaient en usage, les arpenteurs les divisaient par dixièmes, pour la facilité de leurs calculs de superficie; mais alors ils étaient obligés de faire la réduction de ces dixièmes en pieds, pour donner les longueurs et les largeurs en pieds de roi, et de réduire les dixièmes carrés de perche en pieds carrés; pour donner en pieds de roi la fraction de perche carrée, ils étaient obligés de faire ces réductions par le calcul, ou d'avoir, pour chaque perche et pour la toise, des tables où ces réductions étaient faites.

Pour les mesures de superficie, il faut bien faire attention que le dixième de la perche, multiplié par lui-même, ne fait pas le dixième de la superficie de la perche carrée, il n'en fait que la centième partie.

Le dixième de la perche de 20 pieds est de deux pieds, (2 fois 2 font 4), il ne fait que 4 pieds carrés; il faut cent carrés de 4 pieds carrés chacun, pour faire les 400 pieds carrés qui sont la contenance de la perche carrée de 20 pieds de côté; et il faut 40 carrés de 4 pieds carrés chacun pour faire le dixième de la superficie de cette perche.

Un arpenteur pouvait donc avoir depuis un jusqu'à 99 carrés ou dixièmes de perche à convertir en pieds carrés. Cette conversion pouvait encore se faire de mémoire, pour la perche de 20 pieds, en multipliant par 4 le nombre de ces carrés ou dixièmes de perche.

Mais le dixième de la perche de Paris de 18 pieds, ne se prend pas si facilement en pieds, pouces et lignes, que le dixième de la perche de 20 pieds qui n'a point de fraction de pieds.

Le dixième de la perche de Paris de 18 pieds, est de 1 pied 9 pouces 7 lignes 2 points 4 douzièmes de point; multiplié par lui-même, il donne une surface de 3 pieds 34 pouces 77 lignes 109 points 64 douzièmes de point carrés.

Comme pour le tapis, il faut dix à douze opérations pour trouver, suivant l'ancienne méthode, le résultat ci-dessus qu'on obtient facilement suivant la méthode douzimale, par deux seulement. 1.° En divisant immédiatement dix-huit pieds, $u\,r$, par dix x, comme ci-dessous à gauche.

$u\,r$	x						
x	$n\,s\,d\,q$		$u, n\,s, d\,q$				
$h\,z$			$u, n\,s, d\,q$				
v							
$r\,z$			$s\,d\,q\,u\,q$				
$c\,x$			$t\,s\,d\,q\,h$				
			$u\,z\,s\,d\,q$				
$q\,z$			$u\,q\,d\,q\,n\,z$				
$u\,h$			$u\,n\,s\,d\,n$				
$q\,z$							
$t\,q$			t	dx	ro	nu	$e\,q$
h			pi.	pou.	lig.	point	12.ᵉ
			3	34	77	109	64

2.° En multipliant le dixième de la perche qui est de par lui-même comme ci-contre à droite.

Le produit de la multiplication donne trois pieds deux douzaines dix pouces six douzaines cinq lignes neuf douzaines un point cinq douzaines quatre douzièmes de point carré qui font. . . . .

Si un arpenteur avait eu à convertir en pieds carrés 90 dixièmes de perche carrée de Paris, il n'aurait pas pu multiplier par 90 les 3 pieds 34 pouces 77 lignes 109 points 64 douzièmes de point carrés, qui font le dixième de cette perche, sans réduire les pieds, pouces, lignes, points carrés en douzièmes carrés de points ; mais on peut multiplier par un nombre quelconque, suivant la méthode douzimale.

t, dx, rz, nu, cq
$s\,r$

Par exemple : par 90 qui font 7 douzaines six.

On trouve deux tertio trois pieds neuf $\overline{u\,s\,c\,t\,d\,x\,r\,h\;h\,z}$
douzaines pouces sept douzaines deux $u\,x\,h\,t\,n\,q\,t\,x\,u\,q$
lignes, quatre douzaines dix points carrés $\overline{d\,z\,t, n\,z, s\,d, q\,x, z\,z}$
qui font 291 pieds 108 pouces 86 lignes 58 points carrés.

Si l'on avait négligé les pouces, lignes, points et les douzièmes de point, et multiplié seulement trois pieds par 90, on n'aurait trouvé que 270 pieds pour les 90 dixièmes carrés de la perche de Paris, c'est-à-dire, 21 pieds 108 pouces 86 lignes 58 points carrés de moins que la véritable contenance des 90 dixièmes carrés de perche de Paris. Cette différence, qui serait peu de chose ou rien sur une grande pièce de terre, serait sensible sur le mesurage des propriétés bâties et de leurs aisances dans les villes ou villages.

Il fallait donc se servir de tables de réductions, afin d'éviter de grandes opérations pour les faire, ou des erreurs en ne les faisant pas.

Il aurait été bien plus commode aux arpenteurs, au lieu de diviser chaque perche et la toise par 10ᵉ, de se servir d'une perche de 12 p. et de faire leurs calculs sur leurs carnets suivant la méthode douzimale.

Une pièce de terre qui aurait fait un carré parfait, dont chaque côté aurait eu onze pouces dix pieds onze douzaines onze perches de douze pieds, aurait contenu onze dou- $o, o\,x\,o$
zaines onze arpents (d'un tertio $u\,z\,z$ [144] $\qquad o\,o\,x\,e$
perches), neuf douzaines dix perches de $\qquad x\,o\,o\,z\,u$
douze pieds de côté, un pied deux dou- $\qquad n\,o\,o\,u\,d$
zaines un pouce, en négligeant les pouces et $\qquad x\,o\,o\,z\,u$
en divisant le nombre de pieds suivant $\overline{o\,v, n\,x, z\,u, d\,u}$
par $c\,t\,z$ [324], qui font la contenance de la perche de Paris.

$o\,o\,n\,x\,x\,u$	$d\,t\,z$
$o\,t\,z$	$c\,t\,o\,z$
$\overline{h\,n\,x}$	
$r\,n\,z$	
$\overline{d\,z\,x\,z}$	
$d\,z\,n\,z$	
$\overline{u\,z\,n}$	
$c\,t\,o\,z\,|\,h\,q$	
$q\,x\,q\,|\,s\,h$	
$\overline{c\,s\,z}$	
$c\,r\,h$	
$\overline{q}$	

On trouve cinq quarto trois tertio onze douzaines [9204] perches de Paris de 18 pieds de côté, et en divisant ce nombre $c\,t\,o\,z$ par $h\,q$, [100] on trouve sept douzaines huit [92] arpents de Paris, de cent perches carrées de 18 pieds de côté. Il faut y joindre quatre perches restant de la seconde division, un tertio un [145] pieds carrés, restant de la première division, et deux douzaines un [25] pouc. carrés restant de la multiplication, pour avoir la contenance de cette pièce de terre.

On aurait pu très facilement convertir les perches de douze pieds de côté, en telles autres perches, et les arpents d'un tertio (u z z) (144) perches en tels arpents que ce soit, dont on aurait connu la contenance en pieds de roi. Voici celle des arpents les plus usités.

DÉSIGNATION DES PERCHES	LONGUEUR des perches.				PIEDS de roi carrés	POUCES carrés	PIEDS de roi carrés.	pouces carrés
	pieds.	pouces.	pieds.	pouces.				
de Franche-Comté et Bourgogne.	9	6	n	r	90	36	s r	t z
de Paris..	18	»	u r	»	324	»	d t z	»
d'Orléans et Normandie..	20	»	u h	»	400	»	d n q	»
d'ordonnance des Eaux-et-Forêts	22	»	u x	»	484	»	t q q	»
multiple de douze.	12	»	u z	»	144	»	u z z	»

DÉSIGNATION DES ARPENTS	Nombre de perches.		Pieds carrés		Pieds carrés.	
de Paris..	100	h q	32400	«	u r n z z	
d'Orléans.	100	h q	40000	«	u o u n q	
des Eaux-et-Forêts.	100	h q	48400	«	d q z u q	
de Normandie..	160	u c z	77400	«	t h n r z	
de Franche-Comté et Bourgogne.	360	d s z	52490	«	u r n s r	
multiple de douze.	144	u z z	20736	«	u z z z z	

CUBAGE.

Par exemple, d'une citerne qui aurait une douzaine six pieds (18) de profondeur et neuf pieds de diamètre, elle aurait deux douzaines trois pieds (27) de circonférence, en supposant le diamètre le tiers juste de la circonférence.

En prenant le rapport d'Archimède de sept à vingt deux, il faudrait faire la règle douzimale de proportion suivante; $s : ux : : u$ le quatrième terme donnerait pour sa circonférence, deux douzaines quatre pieds trois pouces cinq lignes, $d q . t c$ ou 28 pieds 3 pouces 5 lignes.

En faisant la division décimale de 22 pieds par 7 pieds, on trouve que le rapport de ces nombres est le même que celui de 1 à 3, 1 4 2 8 5 7.

Faisant la division douzimale de $u x$ pieds par s pieds, on trouve que le rapport de ces nombres est le même que celui de $u a t, u h r x t c$.

En suivant Adrien Métius, le rapport du diamètre à la circonférence est de 113 à 335, ou de $n c$ à $d c s$; si l'on divise 335 par 113, on trouve que leur rapport est le même que celui de 1 à 3, 1 4 1 5 9.

Et en divisant $d c s$ par $n c$, on trouve que leur rapport est égal à celui de u à t, $u h q x h z x$.

Pour avoir, suivant Metius, la circonférence de cette citerne dont il s'agit, il faut multiplier, $\qquad$ $t. u h q x h z x$

Par le diamètre $\qquad$ n

$$d q. t t, h z z s r$$

On trouve deux douzaines quatre pieds trois pouces trois lignes huit points, ou 28 pieds 3 pouces 3 lignes, en négligeant les cinq dernières lettres.

Pour avoir la surface du fond, il faut multiplier sa circonférence par la moitié du rayon ou le quart du diamètre.

On trouve que cette surface est $\qquad$ $d q, t t$
de cinq douzaines trois pieds sept $\qquad$ $d_i t z$
douzaines trois pouces neuf dou- $\qquad$ $s z n n z$
zaines lignes, ou 63 pieds 87 pou- $\qquad$ $q h r r$
ces 108 lignes. Ci surface. $\qquad$ $c i, s i, n z$

Profondeur. $\qquad$ $u r, z z$

Enfin pour avoir la contenance $\qquad$ $d s n s x r z$
de la citerne, il faut multiplier la $\qquad$ $c i s i n z$
surface de sa base par sa profou- $\qquad$ $s o q, q s r, z z z$
deur de $u r, z z$, dix-huit pieds, zéro pouce zéro ligne.

On trouve sept tertio onze douzaines quatre pieds onze tertio sept douzaines six pouces, ou 1144 pieds 1674 pouces cubes.

Ce qui ne ferait pas une toise cube en la supposant de douze pieds courants; une grosse ou un tertio (144) pieds carrés, douze grosses ou douze tertio (1728) pieds cubes, comme l'on aurait dû faire la toise usuelle.

Dans les mesures linéaires, chaque unité n'a qu'une lettre; elle en a deux dans les mesures carrées, et trois dans les mesures cubes; à cet égard, les principes sont les mêmes pour les points, lignes, pouces et pieds que pour le mètre et ses fractions décimales.

Le cubage du bois de charpente qui était si difficile au pied de roi, avec la numération décimale et l'ancienne méthode, serait très facile avec ce pied ou celui métrique, suivant la numération douzimale et la manière d'écrire les nombre que je propose.

Il ne faudrait que multiplier deux dimensions l'une par l'autre, et le produit par la troisième.

Une pièce de bois d'un pied trois pouces huit lignes, sur un pied quatre pouces 5 lignes d'écarrissage, et de dix pieds 2 pouces neuf lignes de longueur, aurait une douzaine six pieds trois tertio deux douzaines dix pouces sept tertio cinq douzaines lignes cubes.

18 pieds 466 pouces 1086 lignes cubes.

$$
\begin{array}{r}
u\,t\,h \\
u\,q\,c \\
\hline
r\,r\,q \\
c\,d\,h \\
u\,t\,h \\
\hline
u\,n\,c\,d\,q \\
x\,d\,u \\
\hline
u\,q\,z\,x\,n\,z \\
t\,r\,x\,q\,h \\
u\,c\,x\,t\,o\,q \\
\hline
u\,r,\,t\,d\,x,\,s\,c\,z \\
\hline
\end{array}
$$

Pour connaître la surface résultant des dimensions présumées d'écarrissage dans le bois en grume, il faut multiplier le diamètre (nom compris l'écorce) par la moitié de ce diamètre, supposé de onze pouces quatre lignes.

Diamètre.... $o\,,q$
Demi........ $c\quad h$
$$
\begin{array}{r}
s\,r\,h \\
q\,h\,h \\
\hline
c\,q.\,d\,h
\end{array}
$$

On trouve pour la surface, cinq douzaines quatre pouces deux douzaines huit lignes, ou 65 pouces 32 lignes carrés.

On peut aussi trouver cette surface en faisant le carré du diamètre et en en prenant la moitié.

Diamètre $\quad o\quad q$
$$
\begin{array}{r}
o\quad q \\
\hline
t\,n\,q \\
x\,q\,h
\end{array}
$$

surface du diamètre $\quad x.\,h\,c\,q$
moitié. $\quad c\,q.\,d\,h$

De quelque manière qu'on prenne la surface des dimensions d'écarrissage, il faut la multiplier par la longueur, $x,\,z\,z$.

$$
\begin{array}{r}
c\,q,\,d\,h \\
x.\,z\,z \\
\hline
q.\,c\,r\,d.\,h\quad z\,z
\end{array}
$$

On trouve que la pièce de bois en grume contiendrait quatre pieds cinq tertio six douzaines deux pouces huit tertio lignes, 4 pieds 794 pouces 864 lignes cubes.

Le mesurage et la vente du bois de charpente se faisait le plus généralement au cent de solives ou pièces. La pièce était censée de douze pieds de longueur sur six pouces d'écarrissage. Ces dimensions faisaient trois pieds cubes.

	Pieds.
	z, r
Comme l'on voit par l'opération ci-contre.	z, r

On met un zéro après les douze pieds et le
point pour rendre égal le nombre des douzimales
dans chaque dimension.

On voit que la multiplication par douze pouvait se faire en
ajoutant seulement deux zéro après les trois douzaines pouces
carrés.

Pour le bois de chauffage, l'opération est trop simple pour
avoir besoin d'être démontrée : elle consiste à multiplier la longueur et la hauteur de la pile, l'une par l'autre, et le produit par
la longueur de la bûche.

AVANT-PROJET
DU SYSTÈME DUODÉCIMAL,
de poids et mesures, ayant pour unité fondamentale une partie aliquote dubdécimale ou dbuzimale du méridien entier.

Pour faire un système duodécimal de poids et mesures aussi rationnel que celui décimal, il fallait, il faut et il faudra diviser la longueur du méridien qui est de 1 5 7 3 1, 8 3 7, 4 4 0 lignes pieds de roi, par 6 1, 9 1 7, 3 6 4, 2 2 4, le multiplie de douze immédiatemment plus fort ; afin d'avoir une partie aliquote duo-décimale ou douzimale, plus petite que la ligne, pieds de roi qu'on prendra pour unité inférieure.

En faisant la division, on trouve que cette partie aliquote plus petite que la ligne, est de o, 2 8 6, 3 7 9, 0 7 4, 1 5 ; en convertissant cette fraction décimale de ligne en fraction douzimale de ligne, on trouve celle-ci *z. t c d. x q t. t o o. o o*. Pour former les multiples douzimaux de cette unité, il ne faut, pour chaque multiple, qu'avancer toutes les lettres d'un rang vers la gauche, comme l'on voit dans le tableau ci-dessous dont la colonne la plus à droite donne la valeur en lignes de chaque multiple, et pour faire les multiples de cette unité en nombres avec les chiffres, il faut multiplier la fraction décimale par douze (12) et le produit par douze et ainsi de suite.

Unité.	*u* 1	*z* t c d, x q t, t o o, o o s 0 286,379,074,145	
Douzaine.	*u z* 12	*t* c d x, q t t, o o o, o s 3 436,548,889,74	
Tertio	*u z z* 144	*t c* d x q, t t o, o o o, s 41 238,586,676,0	
Quarto.	*u, z z z* 1,728	*t c d* x q t, t o o, o o s 494 863,0 40,125	
Quinto.	*u z, z z z* 20,736	*t, c d x* q t t, o o o, o s 5,938 356,481,4 ∕	
Sexto.	*u z z, z z z* 248,832	*t c, d x q* t t o, o o o, s 71,260 277, 77 6	
	u, z z z, z z z 2,985,984	*t c d, x q t* t o o, o o s 855, 123 333,3333	
	u z, z z z, z z z 55,831,808	*t, c d x, q t t* o o o, o s 10,261,479 999, 99	
	u z z, z z z, z z z 429,981,696	*t c, d x q, t t o* o o o, s 123,137,759 999,9	
	u, z z z, z z z, z z z 5,159,780,352	*t c d, x q t, t o o* o o s 1,477,653,119 997	
	u z, z z z, z z z, z z z 61,917,364,224	*t. c d x, q t t, o o o* o s 17,731,837,439 967	

Comme il n'y a point d'unité absolue dans les nombres, au lieu de prendre pour unité fondamentale la fraction décimale de ligne 0,286,379,074,145 et la fraction douzimale de ligne *z,t,c,d,x q t,q z z z*, on pourrait prendre leur 3ᵉ multiple de 494 lignes 863,040,123 qui font 3 pieds 5 pouces 2 lignes, *x,q t q,z z z*, comme l'on voit dans la seconde colonne du tableau ci-dessous.

PREMIÈRE COLONNE.	2ᵉ COLONNE.	3ᵉ COLONNE.
u		*z* *t c d x q t q*
1		0 286
u z		*t* *c d x q t t*
1 2		3 436548
u z z		*t c d x q t q*
1 44		41 238586
u z z z	*u*	*t c d x q t q*
1 728	1	494 86304
u z z z	*u z*	*t c d x q t q*
20 736	1 2	5938 3564
u z z z z z	*u z z*	*t c d x q t q*
248 832	1 44	71260
u z z z z z	*u z z z*	*t c d x q t q*
2 985 984	1 728	855123
u z z z z z z	*u z z z z*	*t c d x q t q*
35 831 808	20 736	10261479
u z z z z z z z	*u z z z z z*	*t c d x q t q z*
4 299 81 696	248 832	123137759
u z z z z z z z z	*u z z z z z z*	*t c d x q t q z z*
5 159 780 352	2 985 984	147763119
u z z z z z z z z z	*u z z z z z z z*	*t c d x q t q z z z*
61 917 364 224	35 831 808	1773 1837440

Pour former le tableau suivant , on a divisé par le multiple de douze 61,917,364,224 la longueur du méridien,
qui est de

17,731,837,440 lignes pieds de roi   t, cdx, qtq, zuz z
17,280,000,000 lignes pieds métriques t, qdt, zcq, zzz
40,000,000,000 millimètres   s, nzt, ozq, unq

LES QUOTIENTS DE CES DIVISIONS SONT :

0,286,379,074,145 lignes pieds de roi.   (L. P. R.)
z, tcd, xqt, qzz, z   lignes pieds de roi.   (idem.)
0,279,081,647,233 lignes pieds métriques. (L. P. M.)
z. tqd, tzc, tto, oor lignes pieds métriques.   (idem.)
0,646,022,331,559 millimètres.
z, snz, toz, qun, q   millimètres.

Les multiples ci-dessous sont calculés avec les douze
décimales en chiffres ; on n'en donne que six dans le tableau suivant.

Les multiples douzimaux se forment, comme on l'a
déjà dit, en avançant, pour chacun , toutes les lettres
d'un rang vers la gauche.

	z	t, cdxqtq	lig. P. R.
	o	286,379	lig. P. R.
u	z	t, qdt, zct	l. P. M.
1	o	2,790,816	l. P. M.
	z	s, nzt, ozq	millim.
	o	6,460,223	millim.
	t	cdx, qtq	l. P. R.
	3	.436,549	l. P. R.
uz	t	qdt, zto	l. P. M.
12	3	348,980	l. P. M.
	s	nzt, ozq	millim.
	7	752,268	millim.

	t c	*dxq,tqz*	l. P R.
	41	238,587	l. P. R.
uzz	*t q*	*dtz,cto*	l. P. M.
144	40	187,757	l. P. M.
	sn	*zto,zqu*	millim.
	93	027,216	millim.
	tcd	*xqt,qzz*	l. P. R.
	494	863,040	l. P R.
uzzz	*tqd*	*tzt,ooo*	l. P. M.
1728	482	253,086	l. P. M.
	snz	*toz,qun*	millim.
	1,116	326,589	millim.
	t,cdx	*qtq,zzz*	l. P. R.
	5,938	356,481	l. P. R.
uzzzz	*t,qdt*	*zct,ooo*	l. P. M.
20736	5,787	037,037	l. P. R.
	s,nzt	*ozq,unq*	millim.
	13,395	919,067	millim.
	tc,dxq	*tq,zzz*	l. P. R.
	71,260	277,778	l. P. R.
uzz,zzz	*tq,dtz*	*ct,ooo*	l. P. M.
248,832	69,444	444,444	l. P. M.
	sn,zto	*rqu,nto*	millim.
	160,751	028,806	millim.
	tcd,xqt	*q*	l. P. R.
	855,123	333,331	l. P. R.
u,zzz,zzz	*tqd,tzc*	*too*	l. P. M.
2,985,984	833,333	333,333	l. P. M.
	snz,toz	*qun,toh*	millim.
	1,929,812	345,678	millim.

	t,cdx,qtq	zzz	l. p. n.
	10,261,479	999,981	l. p. r.
$uz,zzzz,zz$	t,qdt,zct	o oo	l. p. m.
35,831,808	9.999,999	999	l. p. m.
	s,nzt,ozq	unt,oh	millim.
	23,148,148	148,134	millim.
	tc,dxq,tqz	$zz\,»»»»$	l. p. r.
	123,137,759	999,777	l. p. r.
uzz,zzz,zzz	tq,dtz,cto	ooo,r»»	l. p. m.
429,981,696	119,999,999	999,719	l. p. m.
	sn,zto,zqu	nto,h	millim.
	277,777,777	777,613	millim.
	tcd,xqt,qzz	$z\,»»\,»»»$	l. p. r.
	1,477,653,119	997,322	l. p. r.
u,zzz,zzz,zzz	tqd,tzc,too	oor »»»	l. p. m.
5,159,780,352	1,459,999,999	996,629	l. p. m.
	snz,toz,qun	toh	millim.
	3,333,333,333	333,358	millim.
	t,cdx,qtq,zzz	$»»\,»»»$	l. p. r.
	17,731,837,439	967,866	l. p. r.
uz,zzz,zzz,zzz	t,qdt,zct,coo	or»»»»	l. p. m.
61,917,304,224	17,279,999,999	959,542	l. p. m.
	s,nzt,ozq,unt	oh	millim.
	39,999,999,999	979,293	millim.

L'unité fondamentale du système douzimal, qu'on pourrait appeler mètre douzimal, aurait donc trois pieds cinq pouces deux lignes, $xqtq$.

Le mètre actuel, qu'on peut appeler mètre décimal, a 3 pieds onze lignes et la fraction douzimale de ligne, $irscx$ qui vaut en fraction décimale, 296 millièmes de lignes. (*Voyez page* 33 *et* 35).

Le mètre douzimal aurait en mètre décimal.

1° 1 mètre 116 millimètres 32,659.

2° 1 mètre carré, 24 décimètres carrés, 61 centimètres carrés, 85 millimètres carrés 055,541.

3° 1 mètre cube 391 décimètres cubes, 149 centimètres cubes, 513 millimètres cubes, 561,076,504.

La chaîne d'arpenteur de douze mètres douzimaux aurait en mètres décimaux, 13 mètres 395 millimètres 91,907, en multipliant ce nombre par lui-même, on trouve une surface de 1 are 79 centiares, 45 décimètres carrés, 06 centimètres carrés, 47 millimètres, 997.908,046. Cette surface serait l'unité douzimale des mesures agraires, qui ferait un carré de douze mètres douzimaux de côté et de douze douzaines de mètres douzimaux carrés; elle remplacerait l'are. Douze douzaines de ces unités douzimales remplacerait l'hectare et vaudraient 2 hectares 58 ares, 40 centiares, 89 décimètres carrés, 33 centimètres carrés, 11 millimètres carrés, 698,758,681.

Les mesures itinéraires douzimales auraient le même avantage que les mesures itinéraires décimales, pour donner les longueur, largeur et superficie du territoire.

Le douzième du mètre douzimal qu'on appellerait douzimètre, remplacerait le décimètre, comme élément des mesures de capacité et des poids.

Le décimètre a 100 millimètres; le douzimètre n'aurait que 93 millimètres 027. Différence 6 millimètres 973.

Le décimètre a 10,000 millimètres carrés; le douzimètre n'aurait que 8,654 millimètres carrés. Différence 1,345 millimètres carrés 459.

Le décimètre a 1,000,000 millimètres cubes. Le douzimètre n'aurait que 805,063 millimètres cubes 373. Différence 194,937 millimètres cubes.

Le décimètre cube pèse 1,000 grammes; le douzimètre ne pèserait que 805 grammes 963. Différence 194 grammes 937.

La loi du 19 frimaire an VIII, donne la valeur du mètre en lignes, pouces, pieds courants, carrés et cubes; le tout au pied de roi : dans les deux tableaux suivants on donne, aussi au pied de roi, la valeur en lignes, pouces, pieds carrés et cubes du mètre douzimal, supposé de trois pieds cinq pouces deux lignes dix points, qui serait l'unité fondamentale du système douzimal.

4

Mètres.	Pieds.	po. 1. pᵗ			Lignes.	
u	t	c d x	q t q		494	863
d	r	x c h	h r h		989	726
t	x	t h s	z x z		1484	589
q	u u	h o c	c u q		1979	452
c	u c	d d t	n q h		2474	315
r	u h	s c d	u h z		2969	178
s	d z	z h z	c o q		3464	041
h	d t	c x x	x d h		3958	904
n	d r	o u n	d r z		4453	767
x	d x	q q s	r n q		4948	630
o	t z	n s c	o z h		5443	493
uz	t c	d x q	t q z		5938	356

Les tables ci-contre servent à faire les multiplications qui sont au dessous.

MULTIPLICATION POUR CARRER.	MULTIPLICATION POUR CARRER.
t . c d x q t q	494,863
t . c d x q t q	494,863
u u h o c c u q	1484589
x t h s z x z	2969178
u u h o c c u q	3956904
d x q q s r u q	1979452
r x c h h r h	4453867
u c d d t n q h	1979452
x t h s z x z	ˮ ˮ ˮ ˮ ˮ ˮ
o . n h . s c . c u h q o s u q	244,889,388769

o z . z z z	en	228,096	en
n . z z z	négligeant	15,552	négligeant
h z z	la fraction	1,152	la fraction
s z	de ligne	84	de ligne
c	ci-dessus.	5	ci-dessus.

o . n h . s c lignes carrées.	=	244,889

Mètres carrés.	rᵈ. p. l. carrés.		Lignes carrées.	
u	o,n h.s c	c u h q o s u q	244889	388769
d	u o s c d x	x t q n o d d h	489778	777558
t	d o c u x q	t c u d x n q z	734668	166307
q	t o d x c n	h r n s x q c q	979557	555076
c	q o z s u t	u h r z n o r h	1224446	943845
r	c x x t h h	r x d c n r h z	1469336	332614
s	r x h z q u	o o x x n u n q	1714225	721383
h	s x c h o s	c u s t h h x h	1959115	110152
n	h x t s c z	x t t h h q z z	2204004	498924
x	n x u d d r	t c z u s o u q	2448895	887690
o	x n x x n o	h r h r s r d h	2693785	276459
uz	o n h s c c	u h q o s u q z	2938672	665228

Multiplication pour cuber.	Multiplication pour cuber.
o . n h . s c . c u h q o s u q	244,889,388769
t . c d x . q t q	494,863
t o d x c n h r n s x q c q	754668466307
d o c u x q t c u d x n q z	1469536352644
t o d x c n h r n s x q c q	1959115110152
n x u d d r t c z u s o u q	979557555076
u o s c d x x t q n o d d h	2204004498924
q o z s u t u h r z n o r h	979557555576
d o c u x q t c u d x n q z	>>>>>>>>>>>
t q . s z t . d c o . z x q u t h h h c z c q	2118669739439 3647
t z z z z z z z	074954424
q z z z z z z z	44953936
s z z z z z	1741824
t z z z	5184
d z z	288
c z	60
o	11
t q, s z t, d c o lignes cubes.	121186727 lignes cubes.

Le mètre douzimal contient les nombres de lignes courantes, de lignes carrées et de lignes cubes ci-dessous, vis-à-vis la lettre A.

Le mètre décimal contient les nombres de lignes courantes, de lignes carrées et lignes cubes ci-dessous, vis-à-vis la lettre B.

	Lignes.	Fractions.	Lig. carrées.	Fractions.	Lignes cubes.	Fract.
A	494	863	244889	388769	121186697	5944
B	443	296	196511	343616	87112692	5796
Différence	51	567	48378	045,153	34,074,005	0148

	Pieds. Pouces Lignes.		CARRÉS. pi. pc. lig.	Fractions douzimales.	Pieds cubes.	Pouces cubes.	Lignes.	
A	t c d . x q t q		o nh s c	c u h q o s	t q	s z t	d c o	
B	t z o . t r s r		n ch s o	q z n d x z	d c	d u z	c t z	
Différence	q t . r n s x	d	t o br	u z o d u u	z o	q x d	n d o	

Voir pages 38, 39, 40 et 43.

	Pieds.	Pouc.	Lig.
Les treize douzimètres font	3	8	8
Les douze décimètres, ou l'aune usuelle	3	8	4
L'aune de Paris	3	7	10
Le mètre douzimal	3	5	02
Le mètre décimal	3	0	11

	Mètres.	millimètres.
Les treize douzimètres	1.	209
Les douze décimètres, ou l'aune usuelle	1.	200
L'aune de Paris	1.	188
Le mètre douzimal	1.	116
Le mètre décimal	1.	»»»

Le douzième du mètre douzimal, qu'on pourrait appeler dou-zimètre, remplacerait le décimètre comme élément des mesures de capacité et des poids.

Le décimètre a 44 lignes 3296. Le douzimètre n'aurait que 41 lignes 2385 ; différence 3 lignes 0911, (pieds de roi).

Le décimètre a 1965 lignes carrées, 113436 ; le douzimètre n'aurait que 1700 lignes carrées, 620,480 ; différence, 264 lignes carrées, 492,956.

Le décimètre aurait 87,112 lignes cubes, 692,579. Le douzi-mètre n'aurait que 70,131 lignes cubes, 173,731 ; différence, 16981 lignes cubes, 518,844.

	Pieds.	Pouces.	Lignes.	Points.	Mesures.
Mètre douzimal courant.	t.	c.	d.	x.	linéaires.
Douzimètre.	id.	».	t.	c.	d.
Mètre douzimal carré.	o.	n h.	s c.	c u.	carrés.
Douzimètre	id.	».	o.	n h. s c.	carrés.
Mètre douzimal cube.	t q.	s z t.	d c o.		cubes.
Douzimètre	id.		t q.	s z t. d c o.	cubes.

	Lignes.	Millième.	Mesures.
Mètre décimal.	443.	296.	linéaires.
Décimètre.	44.	3296.	Id.
Mètre décimal carré.	196.511.	346.	carrés.
Décimètre carré.	1.965.	113.	carrés.
Mètre cube.	87. 112. 692.		cubes.
Décimètre cube.	87. 112.	692.	cubes.

On voit que le douzième se prend en reculant le nombre en lettres d'autant de places que pour prendre le dixième des nombres en chiffres ; mais ceux-ci ne donnent qu'une quantité de lignes qu'on ne peut pas convertir, à vue, en pouces et pieds. (*V.* pag. 58, 40 et 45).

L'unité des mesures de capacité du système douzimal, qui serait un vase caré ayant trois pouces cinq lignes dix points, dans chacune de ses six dimensions intérieures, contiendrait donc neuf pouces neuf tertio onze douzaines une ligne cubes de moins que le décimètre cube qui fait le litre, et le poids de l'eau qu'il contient fait le kilogramme.

En faisant la règle suivante de proportion : 87,112 lignes cubes : 1,000 grammes : : 70,131 lignes cubes; le quatrième terme donne 805 grammes 362,634 qui seraient la pesanteur de l'eau distillée contenue dans l'unité des mesures de capacité du système douzimal, prise pour l'unité des poids de ce système. 805 grammes 062634 font :   livre, onces, gros, grains.

	livre	onces	gros	grains
en poids de marc	1	10	2	37
en poids usuels	1	9	5	07

On a trouvé plus haut le même résultat en comptant par mètre et kilogramme.

Les poids et mesures douzimaux ci-dessus, ayant pour unité fondamentale une partie aliquote douzimale de la longueur du méridien, auraient l'avantage dont on doit désirer de n'avoir jamais besoin, celui d'avoir un rapport immédiat avec les dimensions du sphéroïde terrestre qui ferait retrouver la longueur de l'unité douzimale, si son étalon venait à se perdre, à supposer qu'il soit à côté ou en place de l'étalon du mètre, dix millionième partie du méridien.

Lacroix, en parlant du système métrique des poids et mesures, dit qu'il est supérieur à tout ce qui a été fait en ce genre; c'est une très grande vérité, mais on pouvait peut-être encore faire mieux.

Si en adoptant la numération douzimale, on ne tenait pas à prendre pour unité une partie aliquote douzimale du méridien, on pourrait faire le système douzimal exposé dans les quatre tableaux suivants avec les principales unités du système décimal, de manière que les deux systèmes auraient les mêmes unités; il n'y aurait de différence que dans les multiples et sous-multiples de ces unités.

Sans adopter immédiatement la numération douzimale, on se servirait de la numération décimale et on calculerait les mesures douzimales comme autrefois les nombres complexes, et la division aurait l'avantage d'être régulière par douze.

TABLEAU
DES MESURES LÉGALES.

Lois du 18 germ. an 3 et du 4 juil. 1837.

VALEUR
EN MESURES DOUZIMALES À FAIRE.

MESURES DE LONGUEUR.

NOMS systématiques.	VALEUR décimale.	Quintomètres.	Quartomètres.	Tertiomètres.	Douzomètres.	Mètre.	Douzimètres.	Tertionimètres.	Quartonimètres.	Quintonimètres.	Sextonimètres.	Septonimètres.
Myriamètre.	Dix mille mètres.	c	n	c	q	»	»	»	»	»	»	»
Kilomètre.	Mille mètres.	»	r	o	q	»	»	»	»	»	»	»
Hectomètre.	Cent mètres.	»	»	h	q	»	»	»	»	»	»	»
Décamètre.	Dix mètres.	»	»	»	x	»	»	»	»	»	»	»
Mètre.	*Unité fondamentale des poids et mesures. Dix-millionième partie du quart du méridien terrestre.*	»	»	»	»	u	»	»	»	»	»	»
Décimètre.	Dixième du mètre.	»	»	»	»	z	u	d	q,	n	s	t
Centimètre.	Centième du mètre.	»	»	»	z	z	u	c,	t	q	q	»
Millimètre.	Millième du mètre.	»	»	z	z	z	u,	h	h	x	»	»

MESURES AGRAIRES.

NOMS systématiques.	VALEUR décimale.	Tertiacre.	Acre.	Grossiacre.
Hectare.	Cent ares ou 10,000 mètres carrés.	»	c n	c q
Are.	Cent mètres carrés, carré de dix mèt. de côté.	»	»	h q
Centiare.	Centième de l'are, ou mètre carré.	»	»	» u

MESURES DE CAPACITÉ pour les liquides et les matières sèches.

NOMS systématiques.	VALEUR décimale.	Quartolitres.	Tertiolitres.	Douzolitres.	Litre.	Douzilitre.	Grossilitre.				
Kilolitre.	Mille litres.	»	r	o	q	»	»	»	»	»	»
Hectolitre.	Cent litres.	»	»	h	q	»	»	»	»	»	»
Décalitre.	Dix litres.	»	»	»	x	»	»	»	»	»	»
Litre.	Décimètre cube.	»	»	»	u	»	»	»	»	»	»
Décilitre.	Dixième du litre.	»	»	»	z	u	d	q,	n	s	t	»

MESURES DOUZIMALES
PROPOSÉES
COMME TRANSITOIRES,
Pouvant devenir définitives.
(Voir page 55.)

VALEUR EN MESURES DÉCIMALES.

NOMS systématiques.	VALEUR douzimale.	Myriamètres.	Kilomètres.	Hectomètres.	Décamètres.	Mètres.	Décimètres.	Centimètres.	Millimètres.	Dix millimètres.	Centmillimètres.	Millionimètres.
MESURES DE LONGUEUR.	**MÈTRES.**											
Quintomètre.	Quinto. u z, z z z	2	0,	7	3	6	»	»	»	»	»	»
Quartomètre.	Quarto. u, z z z		1,	7	2	8	»	»	»	»	»	»
Tertiomètre.	Tertio. u z z			ι	4	4	»	»	»	»	»	»
Douzomètre.	Douze. u z				1	2	»	»	»	»	»	»
Mètre.	Unité multipliée par douze et ses multiples ou sous-multiples. (Trois pieds onze lignes, t r s c x, (pieds de roi.)					1	»	»	»	»	»	»
	MÈTRES.											
Douzimètre.	Douzième z. u					o	o	8	3,	3	3	3
Tertionimètre.	Tertionième z. z u					o	o	o	6,	9	4	4
Quartonimètre.	Quartonième z. z z u					o	o	o	o,	5	7	9

MESURES AGRAIRES.

NOMS systématiques.	VALEUR douzimale.	Hectares.	Ares.	Centiares.
Tertiacre.	Tertio Acre ou un quinto (u z, z z z) mètres carrés.	2	o 7	3 6
Acre.	Tertio (u z z) mètres carrés. Carré de douze mètres de côté.	» »	» ι	4 4
Grossiacre.	Tertionième de l'acre ou mètre carré.	» »	» »	» ι

MESURES DE CAPACITÉ pour les liquides et les matières sèches.

NOMS systématiques.	VALEUR douzimale.	Kilolitres.	Héciolitres.	Décalitres.	Litres.						
	LITRES.										
Quartolitre.	Quarto. u, z z z	1	7	2	8	»	»	»	»	»	»
Tertiolitre.	Tertio. u z z	»	ι	4	4	»	»	»	»	»	»
Douzolitre.	Douze. u z	»	»	ι	2	»	»	»	»	»	»
Litre.	Litre. u	»	»	»	ι	»	»	»	»	»	»
Douzilitre.	z. u	»	»	»	o	o	8	3,	3	3	3

NOMS systématiques.	VALEUR décimale.	VALEUR EN MESURES DOUZIMALES À FAIRE.

MESURES DE SOLIDITÉ.

Colonnes : Douzostères. | Stères. | Douzistères.

Nom	Valeur décimale	Douzostères	Stères	Douzistères						
Décastère.	Dix stères.	»	x	»	»	»	»	»	»	» »
Stère.	Mètre cube.	»	u	»	»	»	»	»	»	» »
Décistère.	Dixième du stère.	»	z	u	d	q,	n	s	t	

POIDS.

Colonnes : Quartograves. | Tertiograves. | Douzograves. | Graves *. | Douzigraves. | Tertionigraves. | Quartonigraves. | Quintonigraves. | Sextonigraves. | Septonigraves.

Nom	Valeur décimale	Quartogr.	Tertiogr.	Douzogr.	Graves*	Douzigr.	Tertionigr.	Quartonigr.	Quintonigr.	Sextonigr.	Septonigr.
. . . . .	Mille kilogr. Poids du mètre cube d'eau et du tonneau de mer.	»	r	o	q	»	»	»	»	»	»
. . . . .	Cent kilog., quintal métrique.	»	»	h	q	»	»	«	»	»-»	
Kilogramme.	Mille grammes. Poids dans le vide d'un décimètre cube d'eau distillée à la température de 4° centigrades.	»	»	»	u	»	»	»	»	»	»
						»	»	»	»	»	»
						»	»	»	»	»	»
						»	»	»	»	»	»
Hectogramme.	Cent grammes.				z	u	d	q,	n	s	t
Décagramme.	Dix grammes.				z	z	u	c,	t	q	q
Gramme,	Poids d'un centimètre cube d'eau à 4° centigrades.				z	z	z	u,	h	h	x
Décigramme.	Dixième du gramme.										
Centigramme.	Centième du gramme.				z	z	z	z,	d	z	x
Milligramme.	Millième du gramme.				z	z	z	z,	z	d	r
					z	z	z	z,	z	z	t

* Grave, poids d'un décimètre cube d'eau.

MONNAIE.

Colonnes : Francs. | Douzimes. | Deniers.

Nom	Valeur décimale	Francs	Douzimes	Deniers				
Franc.	Cinq gram. d'argent, au titre de 9 dixièmes de fin	u	u	d	q,	n	s	t
Décime.	Dixième du franc.	z	z	u	c,	t	q	q
Centime.	Centième du franc.	z	z	z	u,	h	h	x

Conformément à la disposition de la loi du 18 germinal an III, concernant les poids et les mesures de capacité, chacune des mesures décimales de ces deux genres a son double et sa moitié.

Conformément à la numération douzimale, chacune des mesures et pièces de monnaie ci-dessus a sa moitié, son tiers, son quart et son sixième, qui sont 2, 3, 4, 6, unités de la classe suivante.

NOMS systématiques.	VALEUR douzimale.	VALEUR EN MESURES DÉCIMALES.		

STÈRE. — Décastères. | Stères. | Décistères.

NOMS systématiques.	VALEUR douzimale.	Décastères.	Stères.	Décistères.
MESURES DE SOLIDITÉ.	**STÈRE.**			
Douzostère.	Douze. u z	2	» » »	» » »
Stère.	u	» 1	» » »	» » »
Douzistère.	Douzième du stère. z. u	» 0	083,333	

NOMS systématiques.	VALEUR douzimale.	Kilogrammes.	Hectogrammes.	Décagrammes.	Grammes.	Décigrammes.	Centigrammes.	Milligrammes.
POIDS.	**GRAVE.**							
Quartograve.	Quarto. u, z z z	1 7 2 8	»	»	»	»	»	»
Tertiograve.	Tertio. u z z	» 1 4 4	»	»	»	»	»	»
Douzograve.	Douzo. u z	» » 1 2	»	»	»	»	»	»
Grave.	Unité. u	1	»	»	»	»	»	»
Douzigrave.	Douzième. z. u	0	0 8 3.3 3 3					
Tertionigrave.	Tertionième. z. z n	0	0 0 6,9 4 4					
Quartonigrave.	Quartonième. z. z z u	0	0 0 0,5 7 9					
Quintonigrave.	Quintonième. z. z z z u	0	0 0 0,0 4 8					
Sextonigrave.	Sextonième. z. z z z z u	0	0 0 0,0 0 4					
Septonigrave.	Septonième. z. z z z z z u	0	0 0 0.0 0 0					

NOMS systématiques.	VALEUR douzimale.	Francs.	Décimes.	Centimes.
MONNAIE.				
Franc.	Unité. u.	» »	» » » »	» »
Douzime.	Douzième. z. u	» 0	0 8 3, 3 3 3	
Denier.	Tertionième. z. z u	» 0	0 0 6, 9 4 4	

Au lieu de faire, en 1812, les mesures usuelles comme on les a faites, ou devait faire celles indiquées ci-dessus pour donner au peuple les fractions ordinaires du tiers, du quart, du sixième et du douzième, sans adopter immédiatement la numération douzimale, on en aurait pu faire l'étude et l'enseignement dans l'explication des mesures usuelles douzimales. Régulariser l'ancien système aurait toujours mieux valu que de le reprendre avec sa division vicieuse.

(Voir les notes au mot *mesures usuelles*).

La division binaire s'applique mieux à la division douzimale qu'à la division décimale. (*Voir la conversion des fractions, page 34* à 37 *et le tableau en tête.* (*Voir aussi le mot binaire.*)

ALIQUANTE, se dit des parties qui ne sont pas exactement contenues dans un tout. *Deux est une partie aliquante de cinq.*

ALIQUOTE, se dit d'une partie contenue un certain nombre de fois, sans reste, dans un tout. *Trois est une partie aliquote de neuf.*

BINAIRE. On appelle division binaire la division successive par deux, qui consiste à prendre la moitié de l'entier pour avoir le demi, la moitié du demi pour avoir le quart, la moitié du quart pour avoir le huitième, et ainsi de suite.

La division binaire est l'inverse de la multiplication successive de l'unité par deux qui donne les nombres 2, 4, 8, 16, 32, 64, etc.

La division binaire serait la plus commode pour la division des poids et mesures, et elle est celle des anciennes mesures, sans être régulièrement suivie pour aucune. Par exemple, la livre poids de marc et la livre usuelle sont de 9,216 grains, et en prenant successivement la moitié de ce nombre, on n'arrive pas à l'unité; il ne faudrait que 8,192 grains dans la livre, pour qu'elle fût un multiple par deux du grain. En divisant 9,216 par 8,192, on trouve qu'il aurait fallu 1 grain 125 millièmes de grain, poids de marc ou poids usuel, pour faire le grain nouveau la 8,192ᵉ partie de la livre.

Le système des anciens poids et mesures, auquel on conteste le nom de système, devrait plutôt être appelé la science innée, parce qu'on ne se rappelle pas quand on a appris à doubler successivement un nombre, ou à en prendre successivement la moitié; ce qui établit une progression ascendante et descendante qui est le principe du système des anciens poids et mesures. Il est vrai qu'il y a des exceptions fâcheuses, mais ces exceptions sont la plupart en faveur de la division duodécimale qui donne exactement le tiers, le sixième et le douzième que la division binaire ne donne pas. La division binaire et duodécimale ont donc chacune leur avantage, et il n'est pas surprenant qu'on les ait confondues, quand on comptait avec des pierres (comme le nom de calcul l'indique), quand on n'avait aucune idée de la numération écrite appelée la science des nombres, dont le principe est la progression ou division décimales. On ne peut pas dire que ce principe est presque inné, et que les personnes qui ne savent ni lire ni écrire peuvent faire de mémoire les comptes qu'elles ont à faire aussi facilement avec les fractions décimales, que les personnes illettrées font les leurs avec les fractions et les parties aliquotes ordinaires.

(*Voir les mots mesures usuelles et le tableau au mot poids.*)

CONTRIBUTIONS DIRECTES. (V. pages 7 et 17.)

OBSERVATION.	NUMÉRATION DOUZIMALE.											NUMÉRATION DÉCIMALE.										
	PAR AN.					PAR MOIS.						PAR AN.					PAR MOIS.					
Le titre des colonnes ci-contre est le même pour les deux bordereaux au dessous qui portent les mêmes sommes; toute la différence est dans les numérations et dans les lettres prises, pour chiffres.	Tertio ou grosse.	Douzaines.	Francs.	Sous.	Deniers.	Tertio ou grosse.	Douzaines.	Francs.	Sous.	Deniers.	Quartonièmes.	Centaines.	Dixaines.	Francs.	Décimes.	Centimes.	Centaines.	Dixaines.	Francs.	Décimes.	Centimes.	Milliemes.
Personnelle et mobil.	»	6	0.	0	»	»	»	6.	0	9	»	»	7	2.	7	5	»	1	6.	0	6	»
Foncière.	1	2	8.	4	6	»	1	2.	8	4	6	1	7	6.	6	6	»	1	4.	7	2	»
Portes et fenêtres.	»	3	1.	6	9	»	»	3.	1	6	9	»	3	7.	5	6	»	»	3.	1	3	»
Patente.	»	7	3.	»	»	»	»	7.	3	»	»	»	8	7.	»	»	»	»	7.	2	5	»
	2	5	1.	8	3	»	2	5.	1	8	3	3	7	3,	7	0	»	3	1.	1	4	»

Personnelle et mobil.	»	r	z.	n	»	»	r.	z	n	»		»	7	2.	7	5	»	»	6.	0	6	
Foncière.	u	d	h.	q	r	u	d.	h	q	r		1	7	6.	3	9	»	1	4.	7	0	
Portes et fenêtres.	»	t	u.	r	n	»	t.	u	r	n		»	3	7.	5	6	»	»	3.	1	3	
Patente.	»	s	t.	»	»	»	s.	t	»	»		»	8	7.	»	»	»	»	7.	2	5	
	d	s	u.	h	t	d	s.	u	u	h		3	7	3.	7	0	»	3	1.	1	4	

L'année restera partout de douze mois,
Cela suffit pour mettre toujours Dix aux abois.
Je ne veux pas rentrer dans les vieilles ornières,
Pour prendre le douzième, je donne deux manières:
En transportant le point vers la gauche d'un rang,
Ou reculer le nombre vers la droite d'autant;
C'est-à-dire d'un rang, quand il est en colonne,
Comme l'on voit plus haut. Dix, tout cela t'étonne!
Car il te faudrait faire cinq opérations
Pour prendre les douzièmes des contributions.
Quand on veut réclamer, on doit avoir quittance
Des douzièmes échus, ainsi veut l'ordonnance.
Je ne veux pas reprendre les chiffres financiers
Ni mettre dans le franc vingt fois douze deniers (240);
Mais autant de deniers que dans le pied de lignes (144).
En place de dix chiffres douze lettres pour signes.

ENREGISTREMENT. (*Voir page* 15).

« De l'enregistrement il faut changer les droits ;
» On paiera pour la grosse , (144) comme pour cent cinquante :
» Et nos troupes étant à Alger, sous la tente,
» La taxe de guerre reste, avec ce changement
» D'être du douzième de son chef seulement,
» Et non plus du dixième. »

Le 1 pour cent ferait le 1, '|₂ par grosse, ou 1 six douzièmes *u. r.*

Le 2 pour cent ferait le 3 par grosse ou tertio. *t.*

Le 3 pour cent ferait le 4, '|₂ par grosse ou 4 six douzièmes *q, r,* et ainsi de suite. Le tant par grosse serait moitié en sus du tant pour cent. Le tant pour cent serait les deux tiers du tant par grosse.

EXEMPLE.

Prix d'une vente, un quarto, *u, z z z* francs, vaut   1728 fr.
                Six. . .   *r* par grosse   4 par c.

montant du droit : six douzaines *r z, z z*   au lieu de   69.12   c⁵.
Douzième en sus,   *r, » »* dixième en sus   6.912
T. à percevoir six douzaines six   *r r.*   au lieu de   76.032

AUTRE EXEMPLE.

Prix de la vente , mille francs   *r o q,* vaut   1,000 francs.
              Six.   *r* par grosse   4 par cⁿᵗ.

montant du droit proportionnel *t c. h z*   40.00
Douzième en sus. . . . . *t. c h z* | 10ᵉ en sus 4.00

Total, 45 fr. 1 sou 8 deniers ⎫
ou trois douzaines neuf francs ⎬ *t n. u h z* au lieu de 44.00
1 sou huit deniers.   ⎭

« Compensation faite , voici les différences :
» Moins de deux francs par mille, au profit des finances.

. . . .

« Il y aura quelque perte pour le trésor royal
» Sur les droits qui sont fixes, et dont le capital
» Ne doit point varier, ne payant qu'un douzième ,
» Pour la taxe de guerre, au lieu de son dixième. »

EXEMPLE.

Droit fixe, dix francs. Gi..... *x.* » »   égal dix. Ci 10 francs.
Douzième en sus, dix sous. Ci.. *z. x* » dixième en sus, 1,
Total, dix francs dix sous. Ci *x. x* », au lieu de...... 11, onze f.

(*Voir page* 7).

INTÉRÊT.

Pour compter l'intérêt d'une somme, pendant un certain nombre de jours, au six pour cent, par an, suivant le calcul décimal, il faut multiplier la somme par le nombre de jours et diviser le produit par 6,000.

Suivant le calcul douzimal, il faudrait multiplier aussi la somme par le nombre de jours, et diviser le produit par $t, q z z$: c'est l'opération que nous donnons pour exemple des quatre règles avec des nombres douzimaux abstraits, page 28.

Dans les deux numérations on suppose l'année composée seulement de 360 $(d r z)$ jours ; le diviseur du produit de la multiplication de la somme par le nombre de jours change, suivant que l'intérêt doit être compté au 1, 2, 3, 4, etc., par cent ou par tertio, pour savoir quel nombre on doit prendre pour diviseur, il faut ajouter deux zéro à 360 ou à $d r s$, et diviser le nombre par le chiffre ou la lettre qui indique le taux de l'intérêt ; par exemple, pour le six pour cent diviser 36,000 par 6 ; le quotient 6,000, est le diviseur constant du produit de la multiplication de la somme par le nombre de jours ; ce diviseur est le même quels que soient la somme et le nombre de jours, quand l'intérêt doit être compté au six pour cent : il serait 7,200 quotient de 36,000 divisés par cinq, si l'intérêt devait être compté au cinq pour cent par an.

Pour le neuf par tertio, il faut diviser douzimalement $d r, z z z$ par neuf ; le quotient $t, q z z$ est le diviseur constant du produit de la somme par le nombre de jours quels qu'ils soient, quand l'intérêt doit être compté au neuf par tertio, il serait de $c, z z z$, quotient de $d r, z z z$ divisés par six, quand l'intérêt doit être compté à six par tertio.

L'intérêt de $r o q$, (mille) francs à neuf par tertio pour un an, est de deux francs six douzièmes plus fort que l'intérêt de mille francs, à six pour cent par an.

L'intérêt exact de la grosse (144), à cinq pour cent, est de 7 francs vingt centimes.

L'intérêt exact de la grosse, à six pour cent, est de 8,64 cent.

L'intérêt exact de la grosse, proportionnellement au cinq pour cent, est de sept francs deux sous quatre deniers neuf douzièmes de deniers en numération et monnaie douzimales.

L'intérêt de la grosse, proportionnellement au 6 pour cent, est de 8 francs sept sous neuf deniers sept douzièmes de deniers, aussi en numération et monnaie douzimales.

Logarithmes. Modèle de logarithmes en nombres douzimaux et décimaux ayant l'un et l'autre douze pour base, comme il en faudrait faire au moins depuis un jusqu'à un quinto, 20736, si l'on adoptait la numération douzimale.

u	z. z z z	z z z	z z z	1	0. 000	000	000
d	z. t q d	z u o	d d t	2	0. 278	942	948
t	z. c t s	o h u	s n »	3	0. 442	114	108
q	z. r h q	z t x	q o r	4	0. 557	885	890
c	z. s n t	d q x	c z o	5	0. 647	685	461
r	z. h s n	o x z	x d z	6	0. 721	057	061
s	z. n q n	d d t	h n q	7	0. 783	091	849
h	z. x z r	z c n	s h s	8	0. 836	828	879
n	z. x s q	o q t	t s u	9	0. 884	228	214
x	z. o u c	d r n	s z h	10	0. 926	628	404
o	z. o u o	c x x	x d c	11	0. 964	984	046
uz	u. z z z	z z z	z z z	12	1. 079	181	25»

Pour trouver la racine cube d'un nombre, il faut prendre le tiers du logarithme de ce nombre, et chercher dans la table le nombre qui est vis-à-vis ce logarithme, ce nombre est la racine cube cherchée.

Par exemple le logarithme de 8 est :

    z. x z r z c n s h s   0. 836,828,879.

Le tiers z. t q r z u o d r x   0. 278,942,956.

En cherchant dans la table ce dernier logarithme, on trouve que c'est celui de deux. En effet, la racine cube de 8 est 2. On le sait sans avoir besoin d'une table de logarithme, mais pour les nombres dont on ne sait pas la racine, carrée ou cube, on la trouve très facilement à l'aide des logarithmes qui dispensent de l'opération longue, difficile et sujette à erreur qu'on employait avant leur invention. Leur utilité ne se borne pas à la formation des puissances des nombres et à l'extraction des racines; mais ce n'est pas ici le lieu de dire tous les usages qu'on peut faire des logarithmes pour abréger les opérations du calcul. Il suffit de faire voir qu'on peut construire, pour la numération douzimale, des tables aussi utiles et aussi commodes que celles qui existent pour la numération décimale dont Firmin Didot a fait une très bonne édition stéréotype.

MÉRIDIEN. Grand cercle de la sphère, qui passe par les pôles du monde et par le zénith du lieu.

La longueur du quart du Méridien a été mesurée et reconnue être de 5,130,740 toises.

LONGUEUR DU MÉRIDIEN.	LONGUEUR DU 1/4 DU MÉRIDIEN.
20,522,960 Toises.	5,130,740 Toises.
6	6
123,137,760 Pieds.	30,784,440 Pieds.
12	12
246,275520	61 568 880
123,137,760	30 784 440
1,477,653,120 Pouces.	369,413,280 Pouces.
12	12
2955306240	738 826 560
1477653120	369 413 280
17,731,837,440 Lignes.	4,432,959,360 Lignes

On donne ci-dessus la longueur du méridien en pieds, pouces et lignes, pour éviter au lecteur la peine de faire l'opération pour les trouver. (*Voir les tableaux pages* 23, 27, 46, 47, 48, 49, 50.

On ne donne pas la division indiquée en tête de la page 48, mais l'exactitude de cette division est justifiée par le tableau qui commence à la même page, où le quotient est multiplié successivement par les multiples de douze. Dans la dernière opération, on retrouve la longueur ci-dessus du méridien à moins d'une ligne près.

Mesures et poids usuels. Ils ont été établis par le décret du 12 février 1812 et par l'arrêté ministériel du 28 mars suivant, maintenant abrogés.

Extrait du décret.

Art. Ier. Il ne sera fait aucun changement aux unités des poids et mesures, telles qu'elles ont été fixées par la loi du 19 frimaire an 8.

II. Notre ministre de l'intérieur fera confectionner, pour l'usage du commerce, des instruments de pesage et de mesurage, qui présentent soit les fractions, soit les multiples desdites unités, les plus en usage dans le commerce, et accommodés aux besoins du peuple.

III. Ces instruments porteront, sur leurs diverses faces, la comparaison des divisions et des dénominations établies par les lois, avec celles anciennement en usage.

IV. Nous nous réservons de nous faire rendre compte, après un délai de dix années, des résultats qu'aura fournis l'expérience, sur les perfectionnements que le système des poids et mesures serait susceptible de recevoir.

V. En attendant, le système légal continuera à être seul enseigné dans toutes les écoles, y compris les écoles primaires, et à être seul employé dans toutes les administrations publiques, comme aussi dans les marchés, halles, et dans toutes les transactions commerciales et autres entre nos sujets.

OBSERVATIONS.

1° Faire l'aune usuelle, c'était une contravention à l'article 1er de ce décret, ou au moins mettre les deux premiers articles en contradiction ensemble, puisque c'était faire une autre unité que le mètre. Cela avait l'inconvénient de faire trois mesures pour les étoffes dans les départements où l'ancienne aune de Paris n'était pas en usage; savoir : le mètre, l'aune usuelle et celle ancienne du pays.

2° Faire marquer sur les mesures usuelles leurs rapports avec les mesures du système décimal, n'était pas une chose aussi utile qu'il paraît. Par exemple, marquer sur l'aune usuelle sa longueur de douze décimètres ou 120 centimètres divisés de dix en dix, ne pouvait servir qu'à convertir, sans calcul, les fractions ordinaires de l'aune en mètres; mais pour un certain nombre d'aunes, il aurait fallu mesurer deux fois la même pièce pour savoir combien elle contenait d'aunes et de mètres, une fois en étendant l'étoffe de toute la longueur de l'aune, une autre fois en n'étendant l'étoffe que depuis l'endroit de l'aune où était marqué cent centimètres jusqu'au bout marqué un centimètre.

Ce mode de réduction d'un nombre d'aunes en mètres était trop long pour être employé, et il n'était pas nécessaire, puisque le commerce en détail pouvait se servir de l'aune usuelle sans être obligé d'en convertir le nombre en mètres, et il était défendu au commerce en gros de se servir de l'aune usuelle, par l'article 5 de ce décret.

La division décimale de l'aune marquée dessus aurait été bien plus utile; elle aurait habitué le peuple au calcul décimal. On savait que l'aune était d'un cinquième plus forte que le mètre; on prend bien plus facilement le cinquième d'un nombre accompagné d'une fraction décimale que d'une fraction ordinaire; par exemple, de 4 aunes 33 centièmes que de 4 aunes 1/3.

3° L'Empereur ne dit pas dans son décret, art. 4, qu'on peut perfectionner le système métrique décimal, mais le système en général des poids et mesures.

Le système métrique décimal est à sa perfection. D'avoir seulement fait le franc du poids de cinq grammes, c'est déjà une dérogation aux principes rigoureux de ce système. Au lieu de cette dérogation, on pouvait en faire une autre très utile, et qui aurait fait rentrer le système monétaire dans les règles strictes de la progression décimale de l'unité.

Il fallait prendre la pesanteur du demi décimètre cube d'eau pour l'unité des poids, au lieu de celle du décimètre. Les cinq grammes d'aujourd'hui auraient fait dix grammes pour le poids du franc qui serait le même qu'il est.

Le franc aurait été, comme il est, à peu près la livre tournois, et le demi décimètre cube, qu'on aurait pris pour le kilogramme, aurait été à peu près la livre poids de marc.

En 1812, quand on a pris le poids du demi décimètre cube d'eau pour la livre usuelle, on devait aussi le prendre pour l'unité des poids décimaux, ou diviser le kilogramme comme la livre poids de marc. La livre, l'once, le gros, le grain usuels auraient été le double des poids de marc qui portaient les mêmes noms; chacun l'aurait su et cela aurait suffi. La division ancienne et la division décimale auraient eu la même unité. On se serait habitué au kilogramme dans le commerce au détail, et on pourrait dire que les poids usuels ont rendu un service.

Si la différence du kilogramme avec la livre poids de marc ou la livre usuelle n'est pas la cause des difficultés que le système décimal des poids éprouve, cette cause serait la division décimale qui ne donne pas en un seul poids les fractions ordinaires du quart, du demi-quart et du seizième. Cette cause serait inhérente au système et par conséquent constante et perpétuelle. Lors même qu'on perdrait de vue les anciens poids, elle pourrait empêcher l'établissement du système décimal pour les poids, quoiqu'il s'établirait pour les autres mesures.

Dès que, par l'article premier du décret, il ne devait être fait aucun changement au mètre, on pouvait croire que ce décret ne permettait que la division duodécimale du mètre, pour en donner les fractions du tiers, du quart, du sixième et du douzième au peuple.

Si ce n'était pas le même ministre qui a proposé à l'Empereur le décret du 12 février 1812, et pris l'arrêté du 28 mars suivant pour l'exécution de ce décret, on pourrait croire que le ministre qui aurait pris l'arrêté, n'aurait pas suivi les idées de son prédécesseur qui aurait fait rendre le décret.

En 1812, au lieu de faire les mesures usuelles comme on les a faites, on devait adopter la division duodécimale régulière des principales unités décimales, pour les poids et mesures usuels; quand on aurait été habitué aux poids et mesures douzimaux avec la numération décimale et suivant la méthode des nombres complexes, on aurait vu que pour avoir un système plus commode que celui décimal, on n'avait qu'à substituer la numération douzimale à la numération décimale.

Quoi qu'il en soit, on peut faire maintenant ce qu'on aurait dû faire en 1812, permettre, sans les rendre obligatoires, les mesures douzimales proposées dans les tableaux, pages 56, 57, 58, 59, à l'exception des mesures agraires qui resteraient décimales jusqu'à nouvel ordre, ainsi que les mesures itinéraires.

Reprendre l'état de choses de 1839, sauf les modifications suivantes :

Permettre l'usage de l'aune usuelle pour le mesurage des étoffes; diviser cette aune d'une part en dixièmes et centièmes, d'autre part en douzièmes et douzièmes de douzièmes, ou 144ièmes; autoriser la vente des étoffes soit à l'aune, soit au mètre.

Permettre la vente et l'usage du pied métrique légalisé et poinçonné; de compter par toise, de douze pieds courants, de douze douzaines de pieds métriques carrés et de 1728 pieds cubes, ainsi que par pieds, pouces, lignes, courants, carrés ou cubes, à charge d'en faire la conversion en mesures métriques décimales qui continueraient d'être employées exclusivement dans les administrations.

Autoriser l'usage de la livre usuelle divisée en douze onces, l'once en douze gros, le gros en douze grains, le grain en douze oboles ou dragmes, concurremment avec la même livre qui, sous le nom qu'on voudrait lui donner, serait divisée de dix en dix.

Donner une forme particulière aux poids douzimaux et aux

poids décimaux, de manière qu'on ne puisse pas les confondre et qu'on les distingue à première vue.

4° Au lieu de prohiber dans l'instruction publique l'enseignement des poids et mesures douzimaux usuels, on devrait le recommander; notamment de faire apprendre la table de multiplication jusqu'à douze fois douze et à faire les opérations pour carrer et cuber avec les divisions douzimales du mètre, en donnant le nom de *main* au douzième du mètre, le nom de *doigt* au douzième de la main, le nom de *trait* au douzième du doigt; on aurait vu que ces opérations étaient aussi faciles avec la numération douzimale qu'avec les décimètres, centimètres et millimètres.

Les mesures douzimales usuelles ne pourraient pas être rendues obligatoires, à cause des grandes dépenses qu'on vient de faire pour se procurer celles décimales.

Les mesures usuelles douzimales ne seraient donc que facultatives; mais elles seraient bientôt générales, parce qu'on les trouverait beaucoup plus commodes que celles décimales.

On verrait bien vite combien le système douzimal serait préféré et préférable au système décimal. Quand tout serait uniforme pour les monnaies, les contributions, les traitements et les droits d'enregistrement, comme il est dit sous ces mots, on ferait délibérer les conseils municipaux d'arrondissement et de département sur le choix à faire d'un système, exclusivement à l'autre.

Si une nation, par exemple l'Angleterre, adoptait la numération douzimale et les monnaies, poids et mesures douzimaux, elle aurait un grand avantage de ne pas avoir le système décimal intermédiaire entre son ancien et son nouveau système.

Si l'Angleterre adoptait la numération, les monnaies, mesures et poids douzimaux, les autres nations n'interrompraient pas leurs relations commerciales avec l'Angleterre, à cause de la difficulté de comparer les monnaies, mesures et poids anglais avec les leurs. Chaque nation apprendrait le système anglais; elle verrait qu'il est préférable au sien et l'adopterait. Il en serait de même, si c'était la France, elle serait imitée immédiatement par les nations qui ont déjà le système décimal, et successivement par toutes les autres. La France ne doit pas perdre l'occasion de donner l'exemple.

Le système décimal était déjà un perfectionnement; le système douzimal en est un plus grand.

Monnaie. Avant le système décimal, le titre des monnaies de France était de onze douzièmes de métal fin et d'un douzième d'alliage; ce titre était conforme à la numération douzimale, et les pièces d'or de 24 et 48 livres, les pièces d'argent de 3 et 6 livres convenaient bien pour faire les sommes rondes par douzaines-tertio ou grosse, et par quarto de livre tournois; il ne fallait que faire la pièce d'une livre tournois qui n'était qu'une unité de compte, et la diviser en douze sous, le sou en douze deniers. Il n'y aurait eu aucun changement dans la valeur de l'unité monétaire; tandis qu'en changeant le titre des monnaies, pour qu'il soit de neuf dixièmes de fin et un dixième d'alliage, la différence de trois deniers seulement qui en est résultée entre la valeur de la livre tournois et la valeur du franc, a fait des difficultés qui ont donné au système décimal monétaire bien plus de peine à s'établir que si l'on avait adopté la numération douzimale. Ces difficultés ont été très grandes, quoique la numération était décimale pour les sommes en francs comme pour les sommes en livres tournois, quoique dans les sommes rondes il n'y ait pas de fraction de l'unité, quoique la loi de l'an 7 (1799) ordonnait que les stipulations fussent faites en francs et centimes, on les faisait toujours en livres tournois qu'on énonçait même dans les actes. Par exemple, le vendeur et l'acheteur marchandaient le prix d'un immeuble en livres tournois, et quand il était convenu, supposons à mille livres, on mettait dans l'acte 987 francs 65 centimes et après mille livres tournois. Cela s'est pratiqué ainsi, pendant plus de dix ans, jusqu'au décret du 18 août 1810, qui a réduit la valeur des pièces de 48 livres à 47 fr. 20 c., de 24 livres à 23 fr. 55 c., de 6 livres à 5 f. 80 c., de 3 livres à 2 f. 75 c.

Si maintenant, pour rendre à l'unité monétaire le titre de onze douzièmes de fin qu'elle avait, on reprenait la livre tournois, on éprouverait les mêmes difficultés qu'on imputerait à la numération douzimale, et qui cependant ne résulteraient que du nouveau changement de valeur de l'unité; mais si, le franc restant le même, on ne changeait que les nombres, pour faire les sommes rondes, on s'habituerait bien facilement et bien promptement à la numération et à la monnaie douzimales, et quand on y serait bien habitué, on pourrait rendre à l'unité monétaire son ancien titre de onze douzièmes.

Celui de neuf dixièmes de fin répond, en fraction douzimale, à $z.xns,dqr$ ou à $z.xns$ en ne prenant que trois lettres qui sont 1,555/1728 ièmes.

Dans le système douzimale, 1728 qui font un quarto u,zzz, serait le titre du métal pur; il remplacerait 1,000 qui est celui du système décimal.

Il conviendrait de surseoir la refonte des monnaies de cuivre, jusqu'à ce qu'on fût fixé sur celle qu'on doit faire, décimale ou douzimale.

Il conviendrait aussi de voir quelle valeur on peut donner aux sous royaux, marqués, les simples 1 2 deniers, et les doubles 2 sous, pour en faire de la monnaie douzimale provisoire, et payer les frais de leur refonte au type qui serait adopté.

(Voir page 9 et 10.)

Multiple se dit d'un nombre qui en contient un autre plusieurs fois exactement.

MULTIPLES DÉCIMAUX ET DOUZIMAUX.

Dix.... 10	cent.. 100	mille. 1000	dix mille. 10,000	cent mille. 100,000
Secondo. 10	tertio. 100	quarto.1000	quinto. . 10,000	sexto. . . 100,000

En voyant le tableau ci-dessus écrit en chiffres, on pourrait croire qu'il n'y a que les noms des multiples de changés et que leur valeur est la même; cependant elle est bien différente, puisque les uns suivent la progression par dix et les autres la progression par douze. Quand on dit que les secondo ou les douzaines remplacent les dixaines, on ne veut pas dire que dix vaut douze, mais seulement que le chiffre qui représente les douzaines est le second du nombre et le premier après l'unité, comme le chiffre qui représente les dixaines est le second du nombre et le premier après l'unité; et ainsi des autres.

Il est donc bien important de ne pas confondre les nombres décimaux et les nombres douzimaux. Si on les écrivait les uns et les autres avec les chiffres arabes, il faudrait, pour les distinguer, les placer dans des colonnes intitulées ou écrire les nombres en toutes lettres, pour indiquer la valeur des chiffres par les noms des multiples.

J'ai pensé qu'il convenait d'écrire les nombres de la numération douzimale avec des lettres, et les nombres de la numération décimale avec les chiffres arabes inventés pour cette numération.

J'ai pris, pour remplacer les chiffres dans la numération douzimale, la première lettre du nom de chaque chiffre. Il n'y a que deux exceptions :

1° Deux et dix commencent par la lettre d; j'ai pris cette lettre pour le chiffre 2 et la lettre x pour le nombre 10.

2° Six et sept commencent par la lettre s; j'ai pris r pour le chiffre 6 et s pour le chiffre 7.

La vue des chiffres ou des lettres suffit pour indiquer à quelle numération un nombre appartient.

Il est plus aisé d'apprendre la valeur des lettres que j'em-

ploie pour les chiffres, que d'apprendre la marque d'un marchand qui donne pour valeur aux lettres l'ordre qu'elles ont dans
un mot.

Par exemple : $\begin{cases} \text{PRÉCAUTION} \\ 1234567890 \end{cases}$

ou l'ordre que les lettres ont dans l'alphabet, en prenant a pour
1 ; b pour 2 ; et ainsi de suite.

La lettre h, par exemple, est accidentellement la huitième
de l'alphabet et la première du mot huit ; on se rappellera plus
facilement que la lettre h représente le 8, parce qu'elle est la
première lettre de son nom, que parce qu'elle est la huitième
de l'alphabet.

En lisant un nombre écrit en lettres, il faut nommer les
chiffres qu'elles remplacent et ne pas lire les lettres comme si on
lisait un alphabet.

Et il faut, après les noms de chaque chiffre, dire le nom de la
place que sa lettre occupe, indiquée par les noms des multiples
douzaine, tertio, quarto, etc., tirés des noms de nombre ordinaux latins. (Voir pages 17, 18 et 19.)

NOMENCLATURE. L'ensemble des termes techniques d'une
science, d'un art.

On peut contester à la nomenclature numérique des poids et
mesures, l'avantage qu'on lui attribue : 1° Parce que, dans les
poids et mesures, il n'y a point d'unité absolue, et c'est presque
leur en assigner une que de leur donner une nomenclature numérique. 2° Parce que la nomenclature numérique n'est exacte
que pour la progression ascendante ou descendante, et qu'elle
trompe pour l'autre. 3° Parce qu'il est difficile de bien choisir
l'unité de laquelle doit partir la progression ascendante et la
progression descendante. Nous en avons un exemple dans l'hectogramme qu'on considère bien plus souvent comme le dixième
du kilogramme, que comme un multiple du gramme, ou du
poids du centimètre cube d'eau, pris mal à propos pour unité ;
quand on a choisi le poids du décimètre cube d'eau pour unité
et pour étalon du kilogramme, on devait lui rendre son nom
primitif de grave, donner à l'hectogramme le nom de décigrave,
au décagramme celui de centigrave, au gramme le nom de
milligrave, et ainsi de suite. Nous leur restituons ces noms dans
les tableaux, pages 58 et 59.

La pesée de beaucoup de choses ne demande pas de poids
au-dessous de l'hectogramme et du décagramme ; si leurs noms
indiquaient qu'ils sont, l'un le dixième et l'autre le centième du
kilogramme, comme les mots décimes et centimes indiquent les

dixièmes et centièmes du franc, on verrait bien mieux le rapport des poids avec la monnaie.

Le gramme pris pour unité n'est pas même dans les séries de poids en fonte qui sont celles que presque toutes les communes achètent, pour les mettre à la disposition des instituteurs qui doivent faire l'enseignement pratique du système décimal; ils ne peuvent donc faire cet enseignement qu'avec une unité idéale.

(Au lieu de prendre le poids du décimètre cube d'eau, on devait prendre seulement celui du demi décimètre cube, pour que l'unité décimale des poids fût à peu près la livre poids demarc. Voir page 13 et 67.)

La nomenclature numérique des nombres douzimaux abstraits est unité, douzaine, tertio, quarto, etc., pour les nombres entiers, et des mêmes noms en y ajoutant la terminaison mièmes pour les fractions ou sous-multiples.

On peut donner une nomenclature numérique aux poids et mesures, en mettant les mots douzo, quarto, quinto, etc., devant les noms des unités principales: mètre, are, litre, stère, comme l'on a fait dans les avant-projets des mesures douzimales, pages 50, 51, 56, 57, 58 et 59.

Il est plus aisé de calculer suivant la méthode douzimale des nombres concrets que des nombres abstraits, à cause de la nomenclature douzimale à laquelle on n'est pas habitué; on peut la remplacer par les mots point, ligne, pouce, pied, toise, perche, borne, lieu, etc., en supposant que les mesures désignées par ces noms suivent exactement la progression par douze; alors en nommant chaque unité, on n'a besoin de la nomenclature douzimale que quand on veut énoncer plusieurs unités différentes sous le nom de la plus petite, par exemple : quand on veut dire combien le pied contient de lignes, il faut dire qu'il en contient un tertio. Et pour les mesures de superficie, le pied carré contient un tertio de pouces carrés; le pied cube contient un quinto de pouces cubes. (Voir pages 40 et 43.)

On convertit facilement les pieds en mètres, en prenant le tiers du nombre de pieds pour les mesures de longueur, en divisant par 9 le nombre de pieds carrés pour les mesures de superficie, et en divisant par 27 le nombre de pieds cubes pour les mesures de capacité et de solidité.

Ces divisions se font suivant la méthode douzimale, et les fractions sont douzimales.

NUMÉRATION. Art de compter les nombres.

Dans cet ouvrage, on appelle douzimale la numération duo-décimale, pour lui donner un nom dont l'étymologie soit toute française et qui ne rappelle pas un nom de nombre composé de deux et de dix.

Il conviendrait de conserver la numération décimale pour le calendrier ; 1° parce qu'on fait peu d'opérations de calcul sur les nombres qui indiquent les dates. 2° Pour ne pas mettre de confusion dans les ouvrages anciens d'histoire, et dans ceux modernes qui suivraient la numération douzimale.

Cependant notre ère ne comptant encore que 1840 ans, on pourrait facilement, de mémoire, convertir les nombres décimaux de dates en nombres douzimaux, et *vice versa*.

Le siècle étant une période de temps qui n'a aucun rapport à la révolution des astres, pourrait être remplacé par une période d'un tertio d'ans, *uzz*, (144).

Le mois de 28, 29, 30 ou 31, serait de deux douzaines, 4, 5, 6, 7 jours.

Le jour pourrait être divisé en 12 heures. L'heure douzimale serait exactement le double de celle d'aujourd'hui ; tandis que l'heure décimale était de 2 heures 40 centimes d'heure. On voit combien cette fraction rend la division décimale du temps moins commode que celle douzimale.

POIDS. — Ce sont les poids qui font le plus de difficultés dans le système décimal ; il est facile d'en connaître et d'en donner les causes.

1° Depuis le kilogramme jusqu'au milligramme, il y a six sortes d'unités, tandis qu'il n'y en a que deux après le franc, les décimes et les centimes ; que deux après le mètre, pour le mesurage des étoffes, les décimètres et les centimètres. Les millimètres ne sont employés que dans des mesurages qui demandent beaucoup de précision ; ces mesurages sont faits par des ouvriers ou des personnes qui ont l'usage du calcul qui peuvent facilement apprendre le système décimal, tandis que les poids sont employés par toutes les classes du peuple dont le plus grand nombre ne sait ni lire ni écrire. Pour ceux-ci, la division ancienne des poids serait plus commode que celle décimale qui convient mieux pour la facilité des calculs.

2° De ne mettre dans la série des poids en fonte, la plus en usage, que les poids 1, 2, 5, avec lesquels on ne peut pas faire 4 et 9, dans chaque dixaine, ni tous les nombres depuis un jusqu'à 999,999 milligrammes qu'on doit pouvoir faire, puisque le kilogramme contient un million de milligrammes.

De deux choses l'une, ou les poids désignés dans le tableau annexé à l'ordonnance du 16 juin 1839 sont les seuls qu'on peut mettre ensemble pour former une série, alors le kilogramme divisé ne pèse pas le kilogramme en un seul poids, il ne pèse que 888,888 milligrammes, il manque une unité par dixaine, c'est-à-dire un hectogramme, un décagramme, un gramme, etc.

Ou, dans les poids désignés au tableau de l'ordonnance on peut en prendre tel nombre qu'on veut pour composer une série qui ait les poids nécessaires pour faire 4 et 9 dans chaque dixaine, et tous les nombres depuis un jusqu'à 999,999 milligrammes, qui font le kilogramme moins un milligramme; alors il faut les 24 poids ci-contre; 4 par dixaine, savoir : deux poids séparés de chaque unité, le poids de 2, et le poids de 5. Chaque poids doit être coté avec le moins d'abréviation possible, mais ils sont suffisamment indiqués ici par la première lettre de leur nom.

h	d	g	d	c	m
1	1	1	1	1	1
1	1	1	1	1	1
2	2	2	2	2	2
5	5	5	5	5	5
9	9	9	9	9	9

g veut dire gramme, le d à gauche du g veut dire décagramme, et le d à droite du g veut dire décigramme.

Les 24 poids ci-dessus s'empileront mal l'un sur l'autre, ou l'un dans l'autre, s'ils sont à godets ou en forme de pyramide tronquée.

Si pour faire la série ci-dessus, on prend des poids de cuivre en forme de cylindre à bouton, ils sont mal cotés par 10, 20, 50, 100, 200, 500 grammes.

On a évité, dans la série de fonte, l'inconvénient de ne pas pouvoir faire 4 et 9, dans chaque dixaine, ou d'avoir des poids qui s'empilent mal, on a évité, dis-je, ces inconvénients, en ne faisant pas de poids en fonte au-dessous du demi-hectogramme, et ces inconvénients n'existent dans cette série que pour la dixaine des hectogrammes.

L'arrêté de M. le préfet du département du Doubs, du 11 novembre 1839 approuvé par M. le ministre, pour donner la facilité de faire 4 et 9 dans la dixaine des hectogrammes en fonte, fait une série dans laquelle il y a 1 poids de l'hectogramme, 2 poids de 2 hectogrammes chacun, et le poids de 5 hectogrammes. Ces poids font ensemble dix hectogrammes.
Si l'on prenait pour chaque dixaine des poids de cuivre en forme de cylindre à bouton, des mêmes chiffres on aurait la série ci-contre.

h	d	g	d	c	m
1	1	1	1	1	1
2	2	2	2	2	2
2	2	2	2	2	2
5	5	5	5	5	5
1,1	1	1,1	1	0	

Cette série pèserait une unité de trop par dixaine, c'est-à-dire, un hectogramme, un décagramme, etc.

La quantité de la chose à peser oblige de prendre des gros poids, la valeur de cette chose oblige d'en prendre des petits pour peser exactement ; l'usage est de compter les gros poids les premiers, et d'en prendre note dans l'ordre qu'on les compte. Avec la série ci-dessus, on pourrait avoir pour la pesée d'un service d'argent, 10 hectogrammes, 10 décagrammes, 10 grammes, 10 décigrammes, 10 centigrammes. Après avoir pris note ainsi, il faudrait la transcrire comme ci-dessous pour l'additionner.

Dix hectogrammes. 10
Dix décagrammes. 10
Dix grammes. 10
Dix décigrammes. 10
Dix centigrammes. 10

1,11110

Si l'on avait mis dans cette série deux poids de l'unité au lieu de deux poids de 2 chacun, on n'aurait jamais pu avoir l'inconvénient ci-dessus ; pour peser le service d'argent dont il s'agit, il faudrait prendre le kilogramme en un seul poids et il ne faudrait plus qu'une unité des dixaines suivantes pour achever la pesée. Les poids comptés et notés en commençant par les plus gros, le seraient toujours bien sans avoir à y revenir.

Il ne faut pas imputer au gouvernement toute la faute s'il n'y a pas une série de poids aussi commode que le système décimal le comporte ; un arrêté du 7 floréal an VIII, permettait aux balanciers de donner aux poids telle forme que ceux qui en font usage voudront adopter, pourvu que ces poids soient exacts, que chaque subdivision porte la valeur de son poids, et que les subdivisions de l'unité principale soient des multiples du gramme ou de ses subdivisions décimales. Il est étonnant que des dispositions de cet arrêté il ne soit pas résulté une série de 24 poids dans le kilogramme divisés taillés et coulés ensemble, dont deux poids, séparés de chaque unité, avec le poids de 2 et celui de 5 dans chaque dixaine, cotés par hectogramme, décagramme, gramme, décigramme, centigramme, milligramme, quelle que soit la matière et la forme des poids.

L'arrêté du 7 floréal an VIII étant maintenant abrogé, il n'y a que le gouvernement qui peut fixer le nombre des poids qui doivent être mis ensemble, leur forme et la manière de les coter pour faire une série complette dans laquelle on pourrait prendre des séries partielles. Il faut espérer qu'il rectifiera les dispositions de l'ordonnance du 6 juin 1839.

Les chiffres 1, 2, 3, 4, conviendraient bien aux poids, parce qu'il n'y aurait point de poids répété dans la même dixaine, et qu'étant de pesanteur différente, il serait naturel qu'ils fussent de forme et de grosseur différente, tandis que les poids de la même unité ne peuvent pas être de la même forme, s'ils sont à godets ou taillés en forme de pyramide ; mais les chiffres 1, 2, 3, 4 ne donneraient pas le demi en un seul poids. 3 et 4 ne sont pas des diviseurs exacts de dix ; enfin les chiffres 1, 2, 3, 4 font ensemble dix. On ne peut donc pas les admettre pour les poids décimaux.

Si l'on divisait le kilogramme en douze onces, l'once en douze gros, le gros en douze grains, les chiffres de ces poids ne pourraient pas être 1, 2, 3, 6, parce qu'ensemble ils font 12. Ils devraient être 1, 2, 2, 6 qui ne font que 11.

3° On ne peut trop le répéter, la différence du kilogramme avec la livre poids de marc ou la livre usuelle.

Le décagramme, qui est la centième partie du kilogramme, pèse 2 gros 40 grains usuels ; il ne peut pas remplacer le gros et être le plus petit poids habituel. Si le kilogramme était le demi décimètre cube d'eau, le décagramme ne pèserait que 1 gros 20 grains usuels ; il remplacerait le gros ; il n'y aurait, pour la plupart des choses à peser, que deux poids décimaux en usage au-dessous de l'unité, les dixièmes et les centièmes, comme il n'y avait que les onces et les gros.

Si l'on prenait pour unité la livre usuelle, et si on la divisait de dix en dix, sous les noms qu'on lui donnerait pour la distinguer du kilogramme, il n'y aurait point de différence dans l'unité et ses fractions pour la pesanteur ; il n'y en aurait que dans leur division. La fraction du quart serait exacte par 25 centimes.

Si l'on divisait la livre usuelle en douze onces, l'once en douze gros, auxquels on donnerait les noms systématiques qu'on voudrait, ce gros ne pèserait que 3 grammes 472 ; ou 64 grains usuels, 8 de moins que le gros de l'ancienne division. On pèserait donc encore plus exactement avec l'once et le gros douzimaux, et il n'y aurait que des choses d'une grande valeur pour la pesée desquelles il faudrait prendre des poids inférieurs.

La division binaire, n'étant pas commode pour le calcul, ne peut pas être la division réelle ; mais il faut choisir entre la division décimale et la division duodécimale celle à laquelle s'applique le mieux la division binaire. Or c'est la division douzimale avec la numération duodécimale, comme on le voit par les tableaux suivants, en comparant les fractions binaires converties en fractions décimales et en fractions douzimales.

	Kilogramme, poids du décimètre cube d'eau.	Hectogramme, dixième du kilogramme.	Décagramme, dixième de l'hectogramme, centième du kil.	Gramme, dixième du décagramme, millième du kilogramme.	Décigramme, dixième du gramme, dix millièmes du kilog.	Centigramme, dixième du décigramme, cent millièmes du kil.	Milligramme, dixième du centigramme, millionième du kil.	
	1							
1/2	0	5						
1/4	0	2	5					
1/8	0	1	2	5				
1/16me	0	0	6	2	5			
1/32me	0	0	3	1	2	5		
1/64me	0	0	1	5	6	2	5	
1/128me	0	0	0	7	8	1	2	5
1/256me	0	0	0	3	9	0	6	25
1/512me	0	0	0	1	9	5	3	125
1/1024me	0	0	0	0	9	7	6	5625
1/2048me	0	0	0	0	4	8	8	28125
1/4096me	0	0	0	0	2	4	4	140625
1/8192me	0	0	0	0	1	2	2	0703125
1/16384me	0	0	0	0	0	6	1	03515625
1/32768me	0	0	0	0	0	3	0	517578125

	Kilogramme, poids du décimètre cube.	Once, douzième du kilogramme.	Gros, douzième de l'once, 144e du kilogramme.	Grain, douzième du gros, 1728e du kilogramme.	Oboles, douzième du grain, 20736e du kilogramme.	
	1					
1/2	0	6				
1/4	0	3				
1/8	0	1	6			
1/16me	0	0	9			
1/32me	0	0	4	6		
1/64me	0	0	2	3		
1/128me	0	0	1	1	6	
1/256me	0	0	0	6	9	
1/512me	0	0	0	3	4	6
1/1024me	0	0	0	1	8	3
1/2048me	0	0	0	0	x	16
1/4096me	0	0	0	0	5	09
1/8192me	0	0	0	0	2	646
1/16384me	0	0	0	0	1	323
1/32768me	0	0	0	0	0	7716

Dans le tableau ci-dessus et le suivant, les nombres sur la même ligne transversale des deux, représentent les mêmes fractions; il n'y a de différence que dans l'expression et la valeur de l'unité. Chaque nombre est la moitié du précédent, en descendant, et le double du nombre précédent, en remontant. C'est ce qu'on nomme la division binaire. On voit combien elle s'applique mieux à la division duodécimale qu'à la division décimale par le nombre de chiffres qu'il faut de moins pour avoir des fractions exactes.

Livre usuelle, demi kilogramme, demi décimètre cube.	Once, seizième de la livre.	Gros, huitième de l'once, 128e de livre,	Grain, 72e du gros, 9216e de la livre,	Dixième de grain.	Centième de grain.	Millième de grain.		
1	0	8						
0	4							
0	2							
0	1							
0	0	4						
0	0	2						
0	0	1						
0	0	0	56					
0	0	0	18					
0	0	0	09					
0	0	0	04	5	0			
0	0	0	02	2	5			
0	0	0	01	1	2	5		
0	0	0	00	5	6	2	5	
0	0	0	00	2	8	1	2	5

Livre usuelle décimale, poids du demi décimètre cube.	Once, dixième de la livre.	Gros, dixième de l'once, 100e de la livre.	Grain, dixième du gros, 1,000e de la livre.	Drâgme, dixième du grain, 10,000e de la livre.	
1	0	5			
0	2	5			
0	1	2	5		
0	0	6	2	5	
0	0	3	1	2	5
0	7	1	5	6	25
0	0	0	7	8	125
0	4	4	5	9	0625
0	2	2	1	9	53125
0	6	1	0	9	65625
0	3	0	0	4	8828125
0	0	0	0	2	44140625
0	0	0	0	1	220703125
0	0	0	0	0	6103515625
0	0	0	0	0	30517578125

Livre usuelle, douzimale, poids du demi décimètre cube.	Once, douzième de la livre.	Gros, douzième de l'once, 144e de la livre.	Grain, douzième du gros, 1728e de la livre.	Oboles ou dragmes, douzième du grain, 20,736e de la livre.	
1	0	6			
0	3				
0	1	6			
0	0	9			
0	0	4	6		
0	0	2	3		
0	0	1	1	6	
0	0	0	6	9	
0	0	0	3	4	6
0	0	0	1	8	3
0	0	0	0	x	16
0	0	0	0	5	09
0	0	0	0	2	646
0	0	0	0	1	423
0	0	0	0	0	7716

On ne peut que choisir entre la numération décimale ou douzimale; la division décimale ou douzimale des poids et mesures, et des monnaies; pour faire un bon choix, il faut adopter celle avec laquelle la division binaire s'accorde le mieux, or c'est la division douzimale, comme on le voit par les tableaux suivants, en comparant les fractions ordinaires converties en fractions décimales ou douzimales.

TABLE ALPHABÉTIQUE

DES MATIÈRES.

Nota. Il faut bien faire attention de ne pas confondre ces deux systèmes.

Observation. Les mots qui ne se trouvent pas dans la table ci-dessus, sont dans leur ordre alphabétique depuis la page 60 jusqu'à la fin de l'ouvrage.

FIN.

www.ingramcontent.com/pod-product-compliance
Lightning Source LLC
Chambersburg PA
CBHW060453260626
47161CB00005B/2089